À PROPOS DE L'AUTEUR

Bercée depuis toute petite par la romance, Romane Rose vous invite dans un univers où, malgré les obstacles, l'amour est toujours le grand vainqueur. Un amour qui se décline à toutes les sauces — épicées, sucrées, acidulées… — et ravira toutes les romantiques amatrices de happy end !

Un peu, beaucoup, à la folie !

ROMANE ROSE

Un peu, beaucoup, à la folie !

HARLEQUIN

HARPERCOLLINS FRANCE
83-85, boulevard Vincent-Auriol, 75646 PARIS CEDEX 13
Service Lectrices — Tél. : 01 45 82 47 47

www.harlequin.fr

ISBN 978-2-2803-8574-9

1

D'un doigt impatient, je tapote sur l'écran du GPS. Peut-être va-t-il se décider à m'indiquer la route ?

— S'il te plaît ! Ce n'est tout de même pas le bout du monde, Harrington. C'est tout ce que je te demande.

Je le supplie pour qu'il se décide à me renseigner sur la route à prendre. Droite ou gauche ? Aucune pancarte pour me mettre sur le droit chemin, ni même une indication quelconque comme un vulgaire panneau publicitaire du genre : « Hôtel Machin Chose. Harrington. Prochaine route à droite. »

— Un satellite ? Il doit bien y avoir un satellite pour te faire fonctionner ? Il y en a des milliers, là-haut !

Je bougonne, martèle de mon ongle cette petite machine capricieuse. L'horloge de bord ne me rassure pas. Trois heures de retard pour mon rendez-vous et je n'ai aucune idée de la distance qu'il me reste à parcourir.

La sonnerie de mon téléphone me sort de ma digression sur les avantages et les inconvénients de la technologie. Le visage de Nelly s'affiche en grand sur l'écran.

— Où es-tu ? Pourquoi es-tu partie si vite ? Qu'est-ce

que tu vas faire à l'autre bout du pays ? Et nos rendez-vous ?

— J'arrive à Harrington, dis-je en réponse à l'avalanche de questions de ma meilleure amie depuis toujours.

— Harrington ? Mais ce n'est même pas sur la carte !

Il serait plus juste de dire qu'elle ne sait pas lire une carte papier. Ni même une carte informatique. Elle est nulle en repérage dans l'espace. Je grimace. Je ne suis guère plus efficace aujourd'hui, arrêtée au milieu de nulle part, à un croisement sans indication.

— Si. En tout petit. Avec une loupe, tu devrais pouvoir localiser la ville, dis-je avec bonne humeur.

— Qu'est-ce que tu vas faire là-bas ?

— J'ai un rendez-vous pour un poste d'institutrice.

— « Institutrice » ? Mais… je croyais que ta formation n'était qu'un passe-temps.

Comme me le répètent avec peu de délicatesse mon père, ma mère, ma sœur cadette et mon grand frère. « Toi ? Institutrice ? »

Les membres de ma famille, mes amis proches montrent une telle incrédulité à propos de mes compétences que j'en rage intérieurement.

— Ce n'était pas un passe-temps ! J'ai travaillé comme une forcenée pour obtenir mon diplôme, lui fais-je remarquer aigrement, vexée de son peu de considération pour mes efforts à devenir autre chose que Mlle Newel, fille à papa, héritière fortunée occupée par sa manucure plus que par le bien-être de ses contemporains.

— Oh ! Je n'avais pas imaginé que tu irais si loin. Et qu'en dit Martin ?

Je tique au prénom de celui dont j'espérais faire mon compagnon de vie. J'ai découvert ce qui l'attirait chez moi : la fortune familiale. Il a un peu d'attrait pour ma petite personne, mais pas assez pour me rester fidèle.

— Martin n'a rien à en dire. Il préfère sa danseuse de flamenco.

— Quoi ? Paola ?

— Oui. Paola, dis-je, avec une grimace, et la voix rêche comme du papier de verre.

— Ne me dis pas que…

— Si. Je te le dis. Ils ne sont pas simples partenaires de danse, si tu vois ce que je veux dire. Pourtant, je ne crois pas qu'il y ait une épreuve de chambre à coucher à leur foutu concours.

— Non ! Tu veux dire que…

— Oui. Je veux dire que.

J'adore nos conversations. Nelly ne termine jamais ses phrases, mais je sais exactement les mots qu'elle prononcerait si elle allait au bout. Notre mode de communication a l'avantage d'écourter les grands discours et d'aborder un maximum de sujets en un temps record. C'est essentiel lorsque nous partons en vadrouille à la recherche de la dernière paire de chaussures hypermode ou dans une virée relookage complet de nos dressings.

— C'est la raison de ton départ ? insiste-t-elle.

J'entends dans sa voix toute sa déception de ne plus me savoir à six cent quatorze mètres de sa maison. En réalité, celle de ses parents, mais le pavillon extérieur. Nelly va déprimer que je sois indisponible pour notre marathon d'automne habituel.

— Oui et non, dis-je.

— Oh ! Non ?

— Papa.

— Il t'a encore tarabustée ?

— Oui.

Nos gros soupirs se croisent sur la ligne téléphonique. Ils expriment notre découragement mutuel face au despotisme de nos parents. Nelly subit l'acharnement de sa mère à lui présenter des partis enviables en vue d'un mariage haut de gamme. Moi, je supporte mon père et sa volonté tout aussi forte de me couver comme une gamine de huit ans et de refuser de m'accorder mon indépendance.

— Institutrice ? répète Nelly, ne parvenant manifestement pas à croire ce que mon père appelle une lubie.

J'imagine sans difficulté sa moue dubitative, tant sa voix est le reflet de sa pensée.

Personne ne me prend jamais au sérieux, et je m'en agace une fois de plus.

— Quoi ? Tu crois que je n'en suis pas capable ?

Qu'est-ce qu'ils ont, tous, à faire si peu de cas de mes projets ?

— Non, mais…

— Vas-y ! Dis ce que tu penses !

— Tu aurais pu trouver un job plus près. Ton père aurait pu…

— Non. Papa n'aurait pas pu. Je ne veux pas qu'il me tienne par le chantage.

— Tout de même. Harrington !

— C'est une charmante petite bourgade. Et personne ne viendra me bassiner avec « la fille de Sean Newel ».

— Ça n'a pas que des inconvénients.

— Pas que des avantages non plus ! N'est-ce pas toi qui te plaignais d'être la fille de Horace Lewis, il y a une semaine ?

Le soupir de Nelly me conforte dans ma décision de ne plus dépendre de mon père à l'avenir. Surtout si je veux choisir de vivre ma vie comme je l'entends. Le changement est radical mais nécessaire. Aussi bien pour me prouver que je suis capable de m'en sortir sans l'aide de mes parents que pour leur prouver que je suis apte à prendre en main ma destinée.

— Peut-être, mais tout de même tu y vas fort ! se plaint-elle avec ce roucoulement mouillé annonciateur d'une déprime carabinée.

Déprime soignée à grand renfort de glace chocolat, éclats de noisettes, nougat. Notre potion magique contre tous les désastres de nos vies.

— L'occasion s'est présentée. Je l'ai saisie, dis-je, fière de m'être jetée dans la mêlée.

— Comment as-tu trouvé le job ? Je pensais qu'il fallait être sur une liste ou un truc du genre ?

— Ce n'est pas nécessaire. Il suffit que le directeur de l'école passe une annonce pour recruter une institutrice. En l'occurrence, c'est la municipalité qui a passé l'annonce dans la presse. C'est elle qui prend tout en charge. Ils sont donc les seuls décisionnaires pour le recrutement.

— Tu crois que tu as une chance ?

— Oui. D'après la personne que j'ai eue au téléphone il y a deux jours, l'instituteur engagé au cours de l'été s'est désisté. Ce sont les parents qui font la classe, pour l'instant.

— « Les parents » ? Il n'y a pas d'autres enseignants ?

La question ne m'a pas effleurée, lors de mon entretien téléphonique d'embauche, tant j'étais excitée par cette aventure hors normes. Hors normes dans mon monde.

— Euh ? Je n'en sais rien, dis-je, perplexe.

Sa question pleine de bon sens m'interpelle.

— Tu ne t'es pas renseignée ?

Je sens l'incrédulité dans le ton de Nelly.

— Bien évidemment que si ! Mais leur situation réclamait une réponse rapide de ma part. Je n'allais pas tergiverser pendant des semaines pour me décider. Je suis certaine que je vais beaucoup me plaire, là-bas. Ce sera comme des vacances.

— « Des vacances » ? Une classe de mômes braillards ? Tu ne supportes pas plus de trois minutes tes nièces et tu veux devenir institutrice ? Bea, tu ne crois pas que tu t'es emballée un peu vite ?

Aussi vite que j'ai emballé mes affaires. Deux heures, quarante-trois minutes et une poignée de secondes m'ont suffi à jeter dans mes trois valises l'indispensable à une semaine de survie en milieu hostile. Jay a mis un quart d'heure à enfourner mes valises dans la voiture après toutes les vérifications d'usage. J'ai passé huit minutes à sortir des bras de ma mère, quatre autres à rester sourde aux présages de mauvais augure de mon père et deux minutes et demie à écouter les paris foireux d'Edison, ma cadette.

— Écoute, Nel. J'ai besoin de m'éloigner de ma famille. Ce n'est que pour quelques mois. Un trimestre ou deux. Et puis, si ça ne me convient pas, je pourrai toujours revenir. Ce n'est pas comme si je partais à l'autre bout du monde.

— Non, tu pars à plus de mille deux cents kilomètres, dans un trou paumé où ils ne doivent même pas être connectés !

— Ne dramatise pas. Ils ne sont certainement pas si arriérés !

Un frisson d'angoisse remonte le long de mon dos.

— Qu'est-ce que tu en sais ? Il faut une loupe pour localiser cette bourgade. Tu crois que tu vas y trouver un Starbucks pour ton café *latte* colombien ? Ou une perle comme José pour te faire ce sublime brushing ? Des Spirit of Life aussi délicieux que ceux du Pops pour tes jours de déprime ?

Je grimace face aux attaques sournoises de celle que je considère comme mon amie, celle dont j'espérais qu'elle me comprendrait, me soutiendrait dans cette aventure.

— Je m'adapterai. Ça ne peut pas être aussi dramatique que tu le penses.

Je tente de me défendre ou de me rassurer, l'esprit chahuté par les pires scénarios possible.

— Bea, reviens. Oublie cette histoire. C'est… ridicule !

« Ridicule » ? Alors que je sens qu'il est essentiel pour moi d'aller de l'avant ?

— Désolée, mais je dois tenter ma chance. Je te rappelle.

Je coupe court à cette conversation déprimante, de peur de faire demi-tour dans la demi-seconde suivante.

Poursuivre cet échange serait un piège pour ma résolution brinquebalante. Subir une avalanche de remontrances ou d'arguments dont je sais qu'ils me tourmenteront pendant des heures ne m'aidera pas à aller de l'avant.

Mais quel avant ? Droite ou gauche ? Je suis toujours au même croisement, sur le bord d'une route déserte, entourée d'une forêt dense où pullulent certainement de dangereux animaux sauvages. Je jette un coup d'œil circonspect alentour pour déterminer les risques éventuels. J'appuie sur la fermeture centralisée pour éviter les désagréments d'une invasion de bêtes inconnues ou d'hommes des bois.

— S'il te plaît !

Je tapote sur l'écran tactile sans plus de résultats que la minute précédente, saisie d'une sourde angoisse.

À quoi bon d'avoir une voiture à 150 000 dollars, si le GPS est infoutu d'indiquer une direction en plein milieu de nulle part ? Et si je me perds ? Tombe en panne ? Me fait attaquer par des ours, des loups ou un pervers ?

Mon rire nerveux s'accompagne d'un frisson de terreur.

Finalement, la technique n'est rien face à notre monde

hostile. Je farfouille dans la boîte à gants, le rangement d'accoudoir, sans trouver de carte providentielle. Je doute de savoir utiliser une chose aussi ringarde, mais c'est mon dernier espoir. Espoir déçu. Rien ne vient à mon secours. Mon smartphone dernier cri capte avec difficulté le signal GPS. Je tente une connexion sur un réseau, mais les barrettes de réception clignotent, incapables d'en détecter un seul disponible.

Nelly aurait-elle raison ? Aucun réseau Internet ?

Je vais mourir, si je ne peux pas suivre mon fil d'actualité sur Facebook !

Je regarde les deux routes en face de moi et tente de découvrir un indice quelconque, sans succès.

— Tous les chemins mènent à Rome, dis-je, découragée par ce contretemps fâcheux.

Et je n'ai besoin que d'un chemin. Celui qui me conduira à Harrington.

Pouf, pouf, ce sera toi que je choisirai.

Ma main s'arrête, indécise, sur la route de droite.

— Courage, tu vas bien finir par trouver une indication, ou ce maudit GPS captera un nouveau satellite.

Le ronronnement du moteur répond à ma voix assourdie par l'angoisse.

Nelly n'a-t-elle pas raison ? Ne devrais-je pas faire demi-tour, retourner me réfugier auprès de ma famille, au lieu de vouloir jouer à Beatrix la rebelle ?

La rébellion n'a jamais été mon fort depuis vingt-six ans. Je me complais dans l'obéissance passive vis-à-vis de mes géniteurs, sans montrer de signes de révolte ou d'insubordination. C'est Edison, la rebelle de la maison. Moi, je suis le « mouton de Panurge », comme se moque si souvent ma cadette, plus entreprenante que moi dans tous les domaines.

Et pour une fois que je me lance, l'aventure se révèle plus compliquée que prévu !

Pourquoi, tout à coup, ai-je voulu vivre autre chose que ma vie bien rangée, bien ordonnée, parfaite en tout point ?

Parce que ma famille est étouffante.

Papa m'abreuve de ses jugements machistes sur le rôle de la femme dans le monde qu'il côtoie. Maman me serine sur le même ton tous les dogmes institués lettres d'Évangile par mon père. Robin, mon frère aîné, me compte comme quantité négligeable tant il me considère comme inapte à assumer toute autre tâche que celles qui m'ont occupée jusqu'à présent. Edison me bombarde de jugements dévalorisants sur mon incapacité à agir en dehors des clous tracés par mes parents. Et Martin profite de ma docilité idiote à son égard pour piétiner mon amour stupidement béat.

Je me suis réveillée un matin, le cerveau embrumé par la haute dose d'alcool ingurgitée la veille, après avoir découvert la trahison de celui que je considérais comme mon fiancé, pour faire un constat désastreux : je suis une larve. Une lamentable larve, pleurnicharde, effrayée, angoissée à l'idée de porter des chaussures à talons démodées et de passer pour une attardée auprès de mes amis. Tableau pour le moins perturbant ! J'ai imaginé ma vie future dans une grande et luxueuse maison, au côté de Martin, nos deux enfants confiés à une gouvernante stylée, le personnel pour répondre à la moindre de mes attentes, les coachs en tout genre prêts à me guider dans les occupations de ma vie.

Le cliché parfait de la larve couvée par ses parents, puis son mari !

Mari — enfin, futur mari dans mon cas — qui m'a prouvé que mes illusions de midinette étaient dépassées depuis des lustres. Une introspection sévère et sans concession m'a alors menée sur le chemin d'une révolte contre moi-même. Si je ne me décidais pas à prendre le taureau par les cornes, j'allais devenir comme ma tante Marcie. Divorcée six fois, alcoolique, fauchée, déprimée à vie, sans enfants, et dont la seule perspective d'avenir est une maison de retraite en Floride pour y mourir sans que personne s'inquiète de son sort.

Ce désastreux présage, dont je voyais poindre les prémices incontournables, m'a laissée pétrifiée un quart d'heure.

Je me suis alors décidée à le contourner.

Une annonce dans un journal tombé sous mon nez a été comme un signe. Un appel téléphonique frénétique, les doigts croisés pour que le poste soit libre, une conversation de quatorze minutes et trente-huit secondes conclue par « J'arrive », et me voilà au croisement de deux routes désertes.

Finalement, ça ressemble au résumé de ma vie. Je suis face à un choix, indécise, perturbée, désorientée quant à la route à prendre.

Faire machine arrière et devenir tante Marcie, ou me lancer tête la première dans un inconnu angoissant, dont je ne suis pas certaine de pouvoir affronter tous les aléas.

— Tu peux toujours essayer. Si ça ne te convient pas, tu retourneras à la maison, me dis-je pour me persuader de continuer.

Je lance la voiture sur la route de droite, déterminée à braver cette nouvelle épreuve. Ils m'ont tous prédit que j'échouerais. Je ne suis pas en désaccord avec leur analyse, mais ma fierté Newel me pousse à défier le destin.

Et puis, des enfants, ça ne doit pas être si terrible que ça ?

Quelques souvenirs de ma formation d'institutrice remontent à la surface de mon cerveau. J'ai occulté le principal danger de mon futur immédiat : les enfants !

S'il n'y avait pas eu Dean, sublime formateur pour institutrice de pacotille, j'aurais abandonné au bout de deux jours. Cette décision, ce n'était qu'une mini-rébellion pour prouver à Edison que j'étais capable de faire autre chose que me prélasser au bord d'une piscine. Elle m'avait mise au défi de « gagner de l'argent autrement que par des rentes ». Après maints questionnements sur le métier que j'aimerais exercer, l'enseignement m'a paru « abordable ». Et puis, Dean était superbement beau, drôle, sexy et passionné par les enfants. Pour qu'il me voie, me parle, s'intéresse à moi, je me suis lancée dans cette formation. Sans aucune conviction, vocation ou envie de perdurer dans ce milieu hostile. Pour ne pas paraître trop gourde et me démarquer auprès de lui, j'ai bûché comme une dingue. Uniquement pour le voir sourire, me dire de sa voix de ténor : « Très bien, Bea. Tu seras une institutrice de valeur. » J'ai emmagasiné quelques préceptes de pédagogie, des textes de lois, des référentiels, des programmes sans queue ni tête et tout ce qui fait se rengorger les guides de la jeunesse en devenir. Pour tout oublier après le refus de Dean de sortir avec moi.

Fin de l'épisode. Déprime carabinée, soignée à la glace chocolat-nougat-éclats de noisettes pendant trois mois, mais un diplôme en bonne et due forme dans mon escarcelle.

— Tu n'es pas plus idiote qu'une autre. Tu y arriveras. Mater une bande de gamins braillards n'est pas plus difficile que d'affronter une femme agressive prête à te voler un petit haut sublime le premier jour des soldes.

Avec des friandises, on peut tout acheter. Même un môme élevé à la sauce pourri gâté. J'en sais quelque chose ! C'est la seule tactique qui m'a fait céder, lors de mes caprices de jeunesse. Maintenant, les friandises sont plutôt de l'ordre d'une promesse de virée dans une bijouterie de luxe, un magasin de chaussures ou de l'achat d'une nouvelle voiture.

Depuis une semaine, mes parents ont tout tenté pour me faire céder, m'inciter à ne pas partir m'enterrer dans le bled le plus paumé des États-Unis. Papa a été jusqu'à me proposer un tour du monde pour m'attendrir. Mais j'ai vaillamment résisté. Non sans me lamenter d'être une belle gourde de refuser le superbe voyage qu'il me promettait.

— Si tu tiens tant à travailler, je peux te trouver

un poste dans l'entreprise, m'a-t-il encore proposé, en désespoir de cause, devant maman en larmes de ne pas m'avoir convaincue des bienfaits d'un marathon grandiose à Paris, la ville de la mode suprême.

— Merci, papa. Mais, tu sais, les gâteaux et moi, nous ne sommes pas en très bons termes. Et puis, j'ai un diplôme d'institutrice, et j'aimerais me prouver que je suis capable de faire autre chose qu'attendre l'ouverture des magasins pour y faire une razzia avec Nelly, ou rester au bord de la piscine à siroter une orangeade fraîche. Robin et Edison travaillent, eux. J'en suis capable, moi aussi !

Bon, d'accord, je leur ai donné, petite, de bonnes raisons de me penser plus fragile que mon frère et ma sœur, mais l'eau a coulé sous les ponts, depuis ! Sauf qu'ils ne veulent rien entendre…

Soupirs découragés de mes parents, ultimatums de toutes sortes pour me faire céder, jusqu'au chantage suprême : me couper les vivres.

Même si, jusqu'à présent, je n'ai montré aucune volonté d'aller à l'encontre des désirs de papa, la menace ne m'a pas arrêtée. Robin et Edison se sont toujours révoltés contre l'autorité paternelle, en signe d'indépendance. Chose qui m'a toujours angoissée. Mais, pour une fois, je dois faire face. Coûte que coûte ! Je ne veux pas devenir comme ma tante Marcie !

— Puisque tu veux vivre par toi-même, ne compte plus sur moi pour renflouer tes caisses ! m'a menacée mon père.

Il pensait tellement tenir là l'argument qui me ferait

plier qu'il n'imaginait pas une seconde devoir mettre cette menace à exécution. Je n'en ai pas démordu et il a bien fallu qu'il aille jusqu'au bout — la fierté des Newel. Alors voilà...

À part la voiture, mes valises gonflées à bloc, les quelques cartons de livres récupérés à l'école primaire de La Renonciation où j'ai suivi ma formation, et ma petite réserve de dollars sur mon compte personnel, je suis pauvre !

Sean Newel vient de tarir ma source de revenus.

Un simple demi-tour sur la route me ramènerait dans le giron familial et m'accorderait toutes les facilités passées sans condition aucune.

Mais le panneau « Harrington » vient de stopper net mes velléités de retour en arrière.

Je suis arrivée à bon port ! Avec plus de quatre heures de retard.

2

Plantée devant le panneau indicateur où s'étale en grand « Bienvenue à Harrington », j'hésite encore.

Quelle direction dois-je prendre, maintenant ?

« La mairie », m'a indiqué l'aimable jeune femme avec qui je me suis entretenue deux jours auparavant. La question étant de déterminer où se situe la mairie. J'avance au pas et examine avec attention tous les bâtiments alentour, à la recherche d'un indice quelconque sur la direction à prendre.

Coquet, me dis-je devant un décor de maisons de bois peintes de gais camaïeux. Une évidente volonté de rajeunir ce qui ressemble à une ville du siècle dernier. Une ville de colons ou du Far West, loin de ce à quoi Chicago m'a habituée.

Le seul feu de signalisation croisé depuis des lustres m'arrête de son signal rouge dans une large rue. Je patiente un long moment, regarde à droite et à gauche sans voir d'autres véhicules à l'intersection. Calme plat et circulation inexistante dans la grande rue.

Combien de temps ce foutu feu va-t-il me garder en otage ?

L'attente se prolonge indéfiniment, sans qu'il cille malgré mes admonestations. Une panne ?

J'avance d'un bout de calandre hésitant, surveille à droite et à gauche, dans la crainte d'une collision, et finis par me décider à contrevenir à la loi. Je franchis le feu, un petit frisson dans le dos pour avoir enfreint les règles du code de la route.

Le coup de sifflet me stoppe net au milieu de l'intersection déserte. Je me fige, hébétée par un deuxième coup de sifflet impérieux, le pied collé au frein.

Un policier dans son habit gris s'approche d'une démarche chaloupée. Ses pectoraux maigres, engoncés dans la veste de service, ressortent pour me prouver l'importance de ce haut dignitaire de la loi. D'un signe, il m'ordonne de baisser la vitre qui nous sépare. Son visage rougeaud affiche une sévérité mordante.

— Vos papiers ! aboie-t-il, imbu de son importance, face à la contrevenante que je suis.

— Je suis désolée. J'ai cru qu'il était en panne, dis-je pour tenter de me disculper.

Mon regard mouillé, ma petite mine chagrinée de chien battu ne l'attendrissent pas un instant. Sa plaque, rutilant d'avoir été frottée pendant des heures, me renseigne sur le nom de mon tortionnaire : Lewis, shérif de son état.

— Il n'est pas en panne, grogne-t-il, une main impatiente tendue vers moi, pour me presser de lui obéir.

D'un coup d'œil, il a évalué le prix de ma voiture,

fait le tour des cartons et des valises empilés sur la banquette arrière. Il détaille à présent la conductrice que je suis. Sur son visage, je lis ma condamnation. Je suis coupable d'un crime honteux.

La boîte à gants délivre les papiers de la voiture, de l'assurance, mon permis de conduire que je tends sans protestation.

— Mademoiselle… Newel… Beatrix…, déchiffre-t-il d'un ton rogue. Chicago. Qu'est-ce qui vous amène à Harrington ? demande-t-il, suspicieux, ses sourcils broussailleux froncés au-dessus de ses lunettes noires.

J'ai l'impression d'être l'un de ces mafieux qui ont fait la célébrité de ma ville natale.

— Je viens pour le poste d'institutrice, dis-je, en espérant me sortir de ce mauvais pas sans trop de dommages.

Au moins, il va pouvoir m'indiquer où se trouve la mairie.

Moue perplexe de mon interlocuteur, inquisition sur ma personne, ma voiture, mes papiers et, pour conclure, exhibition du carnet de contravention. Je soupire de cette malchance…

Est-ce un signe de mauvais augure ? Devrais-je faire demi-tour pour fuir au plus vite cette ville peu accueillante ?

— Cent vingt dollars, annonce-t-il en rédigeant la contravention sur le toit de ma voiture.

— Cent vingt…

Plus qu'à Chicago ! Je stoppe à temps ma protestation véhémente.

— Et 30 dollars pour les frais, ajoute-t-il d'un ton sans appel.

Quels frais ? Je préfère me taire pour ne pas envenimer les choses ou finir en prison pour insubordination envers un agent de la force publique. Il ne manquerait plus que ça ! La nouvelle institutrice incarcérée pour rébellion intempestive !

— Je peux vous faire un chèque ? demandé-je, aussi conciliante que possible, saisie pourtant d'une vague révolte.

— Non. Nous n'acceptons que les espèces. Les chèques…, marmonne-t-il dédaigneusement, la suspicion affichée sur son visage rougeaud.

Je fouille dans mon portefeuille, en retire tous les billets qui s'y trouvent.

— Je n'ai que 90 dollars sur moi. Je peux vous payer le reste demain ? Le temps de faire le nécessaire ?

Je tente un sourire timide, impressionnée par sa mine revêche. S'ils sont tous aussi accueillants, mon séjour risque fort de se faire plus court que prévu.

— Il y aura une majoration de 20 dollars par jour de retard, me prévient-il en empochant la somme.

Mon hébétude est aussi grande que ma soumission face à cette injustice. Je souris d'un sourire tremblant, toute rébellion étant inutile, je le pressens.

— Dès que je trouve un distributeur de billets, je vous apporte le solde. Où dois-je le déposer ?

— Au poste de police. Entre 9 et 10 heures ou de 14 à 15, répond-il en rangeant son carnet de contravention.

Si vous n'avez pas payé dans trois jours, l'amende sera doublée et je devrai confisquer votre voiture.

Ma bouche en reste ouverte de stupeur. Cette ville est moins grande qu'un quartier de Chicago ! Pour qui se prennent-ils, pour imposer de pareilles sanctions ? Ou bien cet homme profite-t-il de ce que je suis une « étrangère » pour exagérer les sanctions ?

Je désigne sa poche de poitrine, où il a enfourné les billets.

— Je pourrais avoir un reçu ?

Je ne tiens pas à ce qu'il m'accuse d'avoir omis de payer une partie de la somme, lorsque je déposerai le complément. Ses sourcils se froncent, et sa mine revêche indique que ma demande l'a vexé. Il la prend sans doute pour une accusation tacite de malhonnêteté. Je ne me suis pas fait un ami, je le sens.

Il griffonne sur la contravention le montant versé, puis appose sa signature pour faire bonne mesure.

— Pouvez-vous m'indiquer où se trouve la mairie ?

J'ai posé la question d'une voix conciliante, doublée d'un sourire appuyé, pour me faire pardonner l'offense de ma demande.

— Troisième à gauche, puis deuxième à droite après la place de l'Indépendance, me renseigne-t-il.

Puis il me tend dédaigneusement la contravention, porte la main à sa casquette officielle : signe qu'il me libère. Il repart de son allure chaloupée pleine d'importance, rejoint sa voiture camouflée derrière le panneau publicitaire du snack-bar, au coin de la rue.

Je reste un long moment inerte, abasourdie par ce

premier épisode malencontreux de ma nouvelle vie, indécise quant à la prochaine étape : poursuivre ma route ou faire demi-tour sans attendre d'autres désagréments ?

Un coup de klaxon virulent dans mon dos me ramène sur terre. L'énorme calandre agressive d'un pick-up rouge occupe tout mon rétroviseur, et le grondement sourd du moteur m'incite à bouger dans la seconde.

— J'y vais !

Je grogne de l'impatience du conducteur derrière moi, démarre prudemment pour ne pas faire d'excès de vitesse ou que sais-je d'autre de répréhensible. Je surveille les rues adjacentes, dans la crainte d'un nouveau danger ou d'un piège routier. Je compte les rues, une à une.

Troisième à gauche. Tour de la place de l'Indépendance. Deuxième à droite. Je n'ai guère le temps d'admirer les alentours. Toute mon attention est tournée vers les panneaux indicateurs. Mon agacement s'amplifie. La pression que provoque la calandre du pick-up accrochée à mon rétroviseur, les rugissements hargneux du moteur me crispent sur mon volant.

— Qu'est-ce que je lui ai fait ?

Avec un frisson d'angoisse, je me remémore les films où une pauvre femme est poursuivie par une voiture aussi monstrueuse que celle qui me colle au train. Je me gare devant ce qui ressemble à un immeuble officiel, inquiète que le conducteur fou ne se gare derrière moi, ne m'agresse, ne me kidnappe ou pire.

La grosse voiture me dépasse dans un rugissement de moteur, puis se gare à une dizaine de mètres de mon cabriolet. Je m'effraie à nouveau et vérifie la fermeture de toutes les portes, les yeux collés à l'énorme véhicule.

Le conducteur en descend avec empressement. Fait claquer la portière. Je ne respire plus et le fixe, apeurée à l'idée qu'il se précipite sur moi. Collée à mon siège pour m'y fondre, je prends son regard agressif de plein fouet.

Quelques secondes me suffisent à le jauger, à apprécier sa stature de bûcheron, l'impérieuse autorité de son attitude et de son visage, dont les traits séduisants sont froissés de contrariété. Contrariété qui ne peut cependant en effacer la beauté.

Joli spécimen d'autochtone, me dis-je, le regard fixé sur sa silhouette ferme, le cœur brouillé par la peur d'une agression, les yeux aux aguets, la main tremblante sur ma bombe au poivre. Mais son intérêt délaisse bien vite ma petite personne terrorisée. Il se détourne d'un mouvement fait de cette force particulière propre aux hommes élevés en pleine nature, et disparaît par la porte du bâtiment que j'identifie comme la mairie.

Ma poitrine bloquée se soulève et je respire de nouveau, soulagée de ne pas avoir eu à l'affronter.

Cela dit, ma curiosité est émoustillée par ce nouvel élément.

Les hommes du coin seraient-ils de ces spécimens rares dont la ville est dépourvue depuis quelques années ? Des hommes bruts, bien bâtis, avec cette pointe de sauvagerie dont toutes les femmes rêvent, non sans nostalgie ? De ces hommes certainement moins faciles à apprivoiser que les chiens de salon que je côtoie habituellement ?

Mes futurs commentaires à l'intention de Nelly s'impriment dans un coin de mon cerveau pour décrire ce type. Je doute qu'une telle carrure soit due à un gonflage artificiel aux hormones dont abusent les hommes pour paraître à leur avantage. Du muscle, rien que du muscle. Mon amie risque d'exiger des preuves de mes assertions sur la beauté virile des spécimens locaux. Je glousse sous l'effet de mes idées bizarres, m'extirpe de la voiture, le dos en compote après mes deux jours de route.

La vitre de ma portière me renvoie mon image sophistiquée. Je lisse ma robe Versace, vérifie la propreté de mes escarpins prune, écarte une mèche rebelle de mon visage et me lance à l'assaut de la mairie.

Le petit hall d'accueil montre la volonté des habitants de ne pas se laisser étouffer par le marasme ambiant. Les murs parsemés d'affiches colorées annoncent les festivités des environs. Derrière le comptoir haut, j'avise une petite femme boulotte, maquillée à outrance, une choucroute rouge sur la tête. Typique d'un mauvais goût directement venu des années 1980.

— Bonjour ! me lance-t-elle d'une voix aiguë et nasillarde, aussi désagréable que son look agressif.

Ses yeux m'examinent comme un laser, me découpent en morceaux et analysent en quelques secondes tout ce que je montre.

À ma gauche, la vitre du bureau me sert de miroir.

Rien à dire. Je suis parfaite.

Mon manteau en laine écrue ne cache en rien la perfection de mon corps élancé, admirablement proportionné, sans ajout ou retrait artificiel de quelque sorte que ce soit. Maman m'a légué sa silhouette digne des mannequins haute couture, dont les créateurs pensent désormais qu'ils sont obèses, et ses yeux bleu lavande. J'ai hérité de papa sa chevelure aile de corbeau et son sourire de légende, ce sourire qui a conquis maman au milieu d'une cohorte de prétendants plus beaux les uns que les autres. Il n'est pas ce qu'on appelle un canon de beauté, mais son sourire est une arme de charme efficace. Je n'ai pas hérité des traits harmonieux de maman, mais je me trouve tout de même jolie. À part mon nez retroussé, je peux me prévaloir d'avoir un visage charmant, surtout si j'y affiche mon sourire d'ange à la Sean Newel.

Ma bouche s'étire dans son plus beau sourire, ma main se tend vers ce que j'imagine être une secrétaire. Elle la saisit d'une poigne de lutteur grec, m'écrase les doigts sans considération pour ma délicatesse naturelle. Attaque non déguisée. Je retiens une grimace de douleur.

— Beatrix Newel, la nouvelle institutrice.

Je résiste à l'envie de secouer la main ou de souffler sur mes doigts engourdis. Ma présentation laisse mon interlocutrice de marbre. Je tique.

Suis-je véritablement attendue comme le messie, comme a voulu me le faire croire mon interlocutrice au téléphone ? Le policier et cette femme me font redouter une mauvaise interprétation de ma part. L'air revêche, le sourire sardonique, le regard dédaigneux sont des signes qui ne trompent pas. Même une fille de la ville perdue aux pays des ours mal léchés capte les effluves d'animosité.

— Ah oui ? Vous vous décidez ? Ça fait quatre heures qu'on vous attend ! lance-t-elle aigrement.

— Je me suis perdue et mon GPS ne donne plus signe de vie depuis trente kilomètres. Sans panneau indicateur, j'avoue…

Je ne précise pas que j'ai sous-estimé la distance, l'état des routes et le temps de ma pause déjeuner, autres facteurs de mon retard.

— Nancy est avec les enfants à l'étage. Vous n'avez qu'à y aller, m'indique-t-elle sans chaleur, la mine aussi rébarbative qu'un pit-bull.

Je hoche la tête pour ne pas envenimer les choses ou me faire réprimander comme une gamine. Le geste vague de la préposée m'indique la direction de l'étage.

— Merci, dis-je poliment, un sourire du diable sur les lèvres pour lui prouver que son accueil frigorifiant ne perturbe pas l'institutrice que je suis.

L'escalier me conduit à l'étage, où le brouhaha me guide sans coup férir vers « Nancy et les enfants ». Je glisse un œil curieux par l'entrebâillement de la porte…

Une classe, ça ? L'endroit ne ressemble en rien à une classe telle que je la conçois. Il s'agit d'une salle de conférences ou de la salle du conseil, mais en aucun cas de ce qui peut avoir pour moi le statut de classe.

— Je repasse dans une demi-heure, tonne une voix derrière la porte entrebâillée.

Je me rejette en arrière pour ne pas être surprise

en plein espionnage par celui qui tire la porte d'une main ferme.

Un cri s'étrangle dans ma gorge. Une haute silhouette occulte d'un coup ma vision de la salle.

Le bûcheron !

Je recule d'un pas pour mieux évaluer celui qui se dresse devant moi. J'avoue être impressionnée par la force de sa simple présence. Il n'y a pas à dire, le spécimen local est sauvage et féroce, d'une beauté sombre d'homme des bois, dégageant un parfum de danger que l'arrogance de son attitude rend palpable. La mâchoire se crispe imperceptiblement, les yeux flamboient de je ne sais quelle contrariété. Il me détaille de la tête aux pieds d'un regard dédaigneux, vexant, et ses yeux bruns étincellent d'une curiosité crâne.

— Qu'est-ce que vous faites là ? demande-t-il de sa voix de basse.

Une voix en accord parfait avec l'image que je me fais du bûcheron ou du trappeur du XIXe siècle. Rude, rocailleuse, d'une gravité digne d'un chanteur d'opéra. Dans une caverne, une telle voix vous ferait fuir à toutes jambes, de peur de rencontrer le diable en personne. Les traits séduisants de mon interlocuteur à la voix du diable sont marqués d'une impassibilité de joueur de poker.

Avec un sourire, il doit être hyper craquant, me dis-je, le cœur battant de notre rencontre brutale. Je suis troublée, me sentant coupable d'avoir été surprise en flagrant délit d'espionnage. Je toussote pour me donner contenance, tente un apprivoisement de ce personnage aussi rêche qu'une écorce d'arbre. Je lui sers mon plus beau sourire d'ange innocent, y mets une pointe de sensualité pour tester mon pouvoir.

Aucun homme n'y résiste, lorsque je m'en donne la peine.

Gagné ! Il plisse les yeux, m'examine de nouveau attentivement, s'arrête imperceptiblement sur ma poitrine, mes hanches, signes infimes qu'il apprécie le spectacle que j'offre. Je frétille d'avoir gagné ce challenge. Finalement, ce n'est qu'un homme comme les autres. Son regard revient à mon visage. Ses yeux brillent d'une lueur admirative.

Mais voilà qu'il lâche d'un ton rogue, la mâchoire soudain crispée de colère :

— C'est vous l'institutrice !

Zut ! Mon sourire ne l'a pas adouci plus de trois secondes. D'habitude, il anesthésie les hommes deux ou trois minutes, voire plus. Un coriace !

Les cris dans son dos ne le perturbent pas. Son examen poussé se poursuit sans aménité, avec une pointe d'insolence hautaine. Il me déshabille de son regard incisif, me dissèque. C'est dérangeant, perturbant, insultant et excitant tout à la fois.

La porte s'ouvre alors complètement, et les enfants s'agglutinent autour de l'homme, qui n'a pas bougé d'un pouce. Une jeune femme blonde à la beauté douce s'approche, un sourire aux lèvres, ses yeux bleus emplis de curiosité.

— C'est vous notre nouvelle maîtresse ? demande un gamin à la mine effrontée.

— Euh… oui…, dis-je, pas encore certaine de le devenir.

— Vous êtes canon ! s'extasie un grand garçon maigre comme un clou, les yeux perdus sur ma poitrine frémissant de ce compliment à la limite du décent.

Un sourire féroce étire les lèvres du bûcheron. Ses yeux se plissent d'une jubilation injurieuse. Je suis vexée de la remarque du gamin et du regard explicite de l'homme. Il doute de mes capacités. Le commentaire réducteur du garçon est le reflet de sa propre opinion, j'en mettrais ma main au feu !

Mais je ne peux pas attendre de délicatesse de sa part, ainsi que me le confirme son regard inquisiteur.

— Les enfants, vous pouvez rentrer. N'oubliez pas, demain, devoir de géographie. Enfin, si Mlle Newel est d'accord, précise la jeune femme que j'imagine être Nancy.

La seule à me montrer un peu de gentillesse depuis mon arrivée dans cette étrange ville.

— Filez ! ordonne l'homme.

Puis il s'écarte pour laisser s'échapper une cohue de gamins de tous âges.

Je les regarde, ébahie par l'hétérogénéité des âges et des tailles. Le plus vieux doit friser les seize ans, le plus jeune les quatre ; le reste fluctue entre ces deux extrêmes. Plus de vingt gamins me passent sous le nez sans même un signe de politesse, un salut ou un au revoir. Étrangement déroutant !

Un garçon d'une huitaine d'années se colle alors au bûcheron, et le regarde, le visage fripé de dépit.

— Attends-moi dans la voiture, j'arrive, lui dit ce dernier en ébouriffant sa tignasse brune.

— Je peux jouer au foot avec Sam ?

— Oui, mais derrière, pas dans la rue. Allez, file !

Il se fend enfin d'un sourire pour celui que j'imagine être son fils.

Un coup d'œil discret à sa main gauche me renseigne : pas marié. Mais la tendresse de son geste ne laisse aucun doute : il s'agit bien de son fils.

Veuf ? Père célibataire ? En couple non régularisé ? Les questions s'invitent illégalement sous mon crâne, et me perturbent un court instant.

Ce sont des questions qu'habituellement je me pose après avoir été officiellement présentée et avoir jugé de l'opportunité d'une relation suivie ou non. Relation purement sociale, cela va sans dire. Une relation sentimentale me prend en général de trois à huit semaines de tergiversations, avant l'étape décisive du premier baiser. C'est un engagement important et je n'embrasse jamais à tort et à travers ! Une ligne de conduite personnelle dont j'apprécie la rigidité, et qui me protège des emballements intempestifs et inappropriés.

— Entrez, me propose gentiment la jeune femme.

Elle pousse l'homme, visiblement décidé à faire barrage à mon entrée dans la classe. Comme s'il refusait que je pénètre dans son monde.

C'est étrange, mais cette certitude s'inscrit en moi. Il ne m'apprécie pas.

Pas du tout.

3

Je baisse les yeux sous l'insistance du regard brun fixé sur moi sans amabilité. Adossé à la table que je qualifierais de bureau de l'institutrice, les bras croisés sur la poitrine, le bûcheron ne désarme pas, et m'intimide avec sa féroce antipathie.

— Je suis Nancy Kerrigan, se présente la jeune femme, la main amicalement tendue vers moi.

Je tends la mienne prudemment, prête à subir stoïquement un autre broyage de doigts.

— Beatrix Newel, dis-je aussi naturellement que possible, soulagée de la poigne légère de Nancy.

Cette fermeté sans mièvrerie me plaît immédiatement, comme son visage à la beauté douce. Une très jolie jeune femme dont mon regard inquisiteur enregistre le moindre détail.

Je suis une observatrice hors pair. En un coup d'œil, je détecte chez les autres le moindre défaut vestimentaire, la moindre retouche corporelle ou le détail qui tue. L'observation de mes contemporaines m'a occupée de trois à six heures par jour pendant des années. Mon œil transmet à mon cerveau des microrenseignements sans que j'y prenne garde, et génère ainsi une impression immédiate, dont j'ai souvent apprécié l'exactitude. Nancy me fait très bonne impression et je pressens que nous pourrions devenir amies.

Comme je perçois avec tout autant de certitude que l'homme à ses côtés sera un ennemi acharné. C'est fugace, intense et déstabilisant. Il ne cache pas son mépris à mon égard, et son regard attaché à moi ressemble à l'une de ces tiques venimeuses qui propagent des maladies mortelles.

— Nous vous attendions il y a plus de cinq heures, me reproche celui qui n'a pas encore daigné se présenter.

Je me tourne ostensiblement vers Nancy, ignore autant que faire se peut ce si désagréable personnage. Il est la parfaite incarnation du cliché du bûcheron au caractère d'ours mal léché, misogyne et obtus. Comme quoi, la caricature prend ses sources dans la réalité !

— Je suis désolée, mais mon GPS a flanché et, sans panneaux indicateurs, trouver son chemin relève du défi, dis-je à l'intention de Nancy.

Elle me sourit, regarde son voisin d'un air de supplique visible.

— Et vous n'aviez pas de téléphone pour nous avertir, mademoiselle Newel ? réplique-t-il, sans tenir compte de l'avertissement muet de la jeune femme.

Je sens une rougeur diffuse me chauffer les joues, et me trouve stupide de ne pas y avoir pensé. J'étais tellement perdue dans mes interrogations qu'avertir de mon retard ne m'a pas traversé l'esprit.

— Déchargé, dis-je pour me défausser de mon impolitesse.

Son ricanement sarcastique montre qu'il ne me croit pas un seul instant, mais je n'ai pas l'intention de m'excuser, tant il montre de méprisante arrogance à mon égard.

— Je ne crois pas que…

— Ça n'a aucune importance ! l'interrompt Nancy, son regard bleu empli d'une sévérité soudaine.

— Nancy, je…

Elle le fait taire à nouveau, sans tenir compte de son air de dogue souffrant d'une rage de dents.

— Reconnais que l'État pourrait faire un effort pour la signalisation des routes !

Ils se lancent un même regard de défi, déterminés autant l'un que l'autre à ne pas céder. Un haussement d'épaules, côté homme des bois, marque sa reddition. J'assiste au combat avec intérêt, étonnée de ne pas tout cerner d'une situation où je viens de me fourrer à la suite d'une rébellion stupide. Je ne tiens pas à être un enjeu dans une quelconque guerre de pouvoir. Ma place n'est pas ici, mais près de la piscine de mes parents, à regarder le temps s'écouler à la vitesse de la trotteuse de ma montre haute couture.

— Je crois qu'il est préférable que je…

— Vous êtes la bienvenue, mademoiselle Newel ! me coupe Nancy, de peur, sans doute, que je dise ce que l'homme semble attendre de moi. Excusez Tomas, il n'est pas toujours patient. Vous nous donnez une minute ?

Une capitulation sans combattre. Elle a senti que

je jetais l'éponge. Elle attrape le bras dudit Tomas, le force à la suivre jusqu'à l'entrée d'une autre salle, dans laquelle elle le pousse, avant de refermer la porte soigneusement. Je m'y précipite à pas de loup, y colle mon oreille, décidée à comprendre le pourquoi de l'animosité des habitants de cette ville à mon égard. Car ma conviction est faite : le policier, la préposée à l'accueil, ce Tomas, tous font preuve d'hostilité.

Qu'est-ce que je leur ai fait ? Je ne connais Harrington que depuis une semaine !

— C'est une très mauvaise idée ! Tu l'as vue ? gronde Tomas, la voix éraillée de colère.

— Ne juge pas sur les apparences ! réplique la voix de Nancy, où la douceur a disparu.

— Je ne juge pas sur les apparences, mais sur ce qu'elle est. Ce n'est qu'une fille pourrie gâtée, couvée par son père, et incapable d'assumer un rôle d'institutrice. Tu as vu sa dégaine ?

— Elle a son diplôme. J'ai vérifié.

— Obtenu en versant des bakchichs à des personnes influentes. Ne sois pas aveugle, Nancy ! Cette fille n'a rien à faire chez nous. Nous devons nous en débarrasser. Elle n'est pas plus institutrice que moi. C'est un leurre monté de toutes pièces par son père.

— Non, je ne pense pas.

— Arrête de croire que tout le monde est honnête ou digne de confiance ! Sean Newel n'a rien d'un saint. S'il nous l'a envoyée, c'est qu'il a une idée derrière la tête. Tu sais ce qu'on risque, s'il décide de nous attaquer ? Nous devons tenir encore six mois, passer la collection de Noël, celle de la Saint-Valentin, puis nous pourrons enfin espérer nous sortir d'affaire.

Il a baissé d'un ton, et ses paroles sont à peine audibles pour mon oreille collée à la porte.

Qu'est-ce que vient faire papa dans cette histoire ?

La curiosité me pousse à poursuivre mon indiscrétion, pour connaître le fin mot de cette histoire.

— Nous gagnerons notre pari, Tom.

— Pas si Newel nous met des bâtons dans les roues ! Il peut nous massacrer d'un claquement de doigts. Il suffit que un ou deux distributeurs nous lâchent, et nous serons asphyxiés en moins de trois semaines. Quoi que nous fassions. Débarrassons-nous d'elle. Maintenant !

— Au contraire. Faisons en sorte qu'elle devienne notre joker, propose Nancy d'un ton radouci.

— Ton idée est stupide. Ça ne fonctionnera pas et ce sont les gosses qui vont pâtir de son incompétence. Je te parie un an de salaire qu'elle ne tiendra pas trois jours.

— Pari tenu !

— Nancy, c'est idiot. Nous courons à la catastrophe.

— Essayons. Qu'est-ce que nous avons à perdre ? Qu'elle reste ou qu'elle déguerpisse, le résultat sera le même d'après toi. Et si j'avais raison ? Si nous pouvions en faire notre alliée ?

— Ça ne marchera jamais !

— Qui ne tente rien n'a rien. Prenons le risque de la garder. Elle est prête à partir, Tom. Montre encore les dents et elle fait demi-tour illico. Tu as raison. Ce n'est qu'une fille pourrie gâtée qui a toujours tout obtenu d'un claquement de doigts, sans jamais batailler. Si tu as vu juste, elle ne résistera pas plus de trois jours. L'affaire sera alors réglée, et nous n'aurons plus qu'à prier pour que son père ne nous lamine pas. Si j'ai raison et qu'elle résiste, nous pourrions la rallier à notre cause.

— Et si elle est là en tant qu'espion ?

— Tu crois vraiment qu'elle en a l'envergure ? D'après ton petit dossier, elle n'a jamais touché de près ou de loin aux affaires de son père. Peut-être veut-elle simplement se rendre utile ?

Je perds la réponse du bûcheron. Leurs voix m'indiquent qu'ils reviennent. Je file vers le bureau, m'y assois d'une glissade acrobatique, attrape le premier cahier venu.

Leur discussion, leurs doutes sur ma capacité à montrer un grain d'intelligence me font rager. Ma révolte gronde.

Pourquoi tout le monde me prend-il pour une larve ?

Je l'étais, mais je décide à cet instant que la larve se transformera en… chenille ou cloporte ou l'un de ces criquets qui dévastent les récoltes.

Je ne fais même pas mine de lever le nez à leur approche. Ma colère est trop flamboyante pour que je l'efface d'un simple trait de volonté. Je bouillonne comme je n'ai jamais bouillonné de toute ma vie.

Pour qui me prennent-ils ?

Il n'est plus question pour moi de partir, désormais.

Ah, ils veulent se servir de moi ? Ils ont parié que je ne tiendrais pas trois jours ? Salauds !

Je vais leur prouver à tous que, si je le décide, je peux être la plus roublarde, la plus détestable des filles à papa pourries gâtées !

— Mademoiselle Newel ? m'interpelle Nancy, sa voix aimable devenue abominablement sournoise à mes oreilles.

Je ne me laisserai plus prendre à la douceur mesquine de cette femme. La fiabilité de mon jugement, cette capacité que je croyais posséder, vient de voler en éclats par la faute de sa fourberie. Au moins, le bûcheron, lui, ne cache pas son antipathie.

Et je la lui rendrai avec plaisir !

Ils me regardent tous les deux, la même lueur de certitude dans le regard. Je calme ma révolte, cache ma colère sous un sourire à la Sean Newel : irrésistible, charmeur, ensorcelant de chaleureuse sensualité.

L'un plisse les yeux, l'autre me sourit largement. Hypocrites !

— Si le poste vous convient, nous serions très heureux de vous accueillir à Harrington, déclare Nancy.

Uniquement pour endormir ma méfiance.

— À vrai dire, je n'ai pas une idée précise du poste que vous voulez me confier, dis-je d'une voix aussi neutre que possible.

— C'est vrai, je ne vous ai pas transmis beaucoup d'informations. Nous n'avons plus d'instituteur depuis les vacances. L'école a été détruite par une tornade et Harry a été gravement blessé. Il ne sera sur pied que dans quelques semaines et ne pourra reprendre qu'après la rééducation. Comme je vous l'ai indiqué au téléphone, ce ne sera donc qu'un intérim de quelques mois. Cela vous convient-il toujours ?

— C'est parfait. Je n'ai pas l'intention de rester plus que nécessaire.

Ma petite pique sournoise atteint son but. Le regard du bûcheron s'embrume d'un voile de suspicion.

Le jeu pourrait devenir amusant, finalement ?

Les faire flipper, semer le doute dans leurs esprits par quelques réflexions à double sens me paraît une vengeance parfaite pour adoucir mon séjour.

Ils me prennent pour une espionne ou une nunuche ? Autant ne pas les en dissuader. Tout à coup, ma colère se transforme en allégresse. Voilà une aventure plus amusante que prévu ! Je vais foutre la pagaille dans leur petit monde étriqué ! Enfants compris !

Mon sourire éblouissant les décontenance autant l'un que l'autre. J'en frémis de joie.

Foutre le bordel, voilà mon nouveau credo.

— La classe se fait ici depuis la rentrée, précise Nancy après un coup d'œil inquiet à son voisin, rembruni par ma remarque insidieuse.

Je regarde autour de moi et constate que rien n'est adapté pour enseigner comme il se doit, dans les règles de l'art. Raison de plus pour ne pas me plier aux dogmes de l'enseignement traditionnel. Je vais faire de cet endroit la classe dont j'ai rêvé lorsque j'étais enfant. Je sens que je vais prodigieusement m'amuser. Ils pourront toujours me virer si ma méthode de travail ne leur convient pas !

— Je m'en contenterai, dis-je d'un ton souverain.

— Les cours débutent à 8 heures le matin et s'interrompent à midi pour la pause déjeuner. L'après-midi, la classe recommence à 13 heures, pour se terminer à 16. Le car scolaire passe à 16 h 30 pour les enfants qui habitent loin.

— Aucun problème.

Mon sourire tremble sous cette nouvelle catastrophique.

8 heures du matin ? J'avais oublié les contraintes de mon nouvel emploi ! C'est pire que le bagne ! Je ne me lève qu'à 11 heures bien sonnées pour me coucher à 2 ou 3 heures du matin. Il est vrai que je ne risque pas de trouver ici des distractions après 20 heures. Ils doivent se coucher comme les poules. Mon biorythme va souffrir et devoir s'adapter à ces nouvelles conditions de vie.

— Les enfants suivent des cours différents en fonction des niveaux, précise Nancy, qui semble tout à coup inquiète de ce que je pourrais faire subir aux petits élèves de la ville.

— C'est une classe unique ?

Assez curieusement, il n'en a pas été question, lors de l'entretien téléphonique. Est-ce parce qu'ils étaient pressés de trouver un remplaçant à l'instituteur blessé et qu'ils ont craint de m'effrayer ? Enseigner plusieurs niveaux dans une même classe, ce n'est pas rien !

— Oui. Notre communauté n'est pas très étendue. Nous n'avons pas les moyens de recruter plusieurs instituteurs. Les enfants auraient dû aller à la ville voisine, si nous n'avions pas pris la décision de créer notre propre école.

— Combien sont-ils ?

— Vingt-quatre.

« Vingt-quatre » ? C'est peu pour une ville de cette taille.

— La population est vieillissante. Les jeunes préfèrent s'installer dans les grandes villes pour les commodités qu'elles offrent. L'emploi est restreint dans la région, m'explique alors Nancy, les yeux voilés de mélancolie.

Tomas se détourne pour éviter mon regard inquisiteur.

— Maintenir l'école est primordial. Donner un nouvel essor à notre ville est très important. Si nous n'avions pas décidé de faire ce choix, Harrington se serait désertifiée plus vite encore. Nous voulons conserver ce service pour la population, inciter les jeunes couples à venir s'installer ici. De nouveaux habitants, ce sont de nouveaux commerces, une nouvelle dynamique pour la ville, pour nous tous. Nous avons un confort de vie incomparable, ici, me certifie Nancy d'un ton passionné.

J'en doute. Pour moi, le confort c'est la vie dans une grande ville avec ses facilités, ses occasions de s'amuser, d'assister à des spectacles inédits, c'est pouvoir se perdre dans une galerie marchande pendant des jours entiers.

Nelly a raison. Mon café *latte* colombien, José, les Spirit of Life me manquent déjà.

— Si vous avez besoin de matériel, nous étudierons vos demandes, m'avertit Tomas d'un ton rêche.

— Je dois remplir un bon en triple exemplaire, signé avec mon sang ?

J'ironise, perturbée de vouloir déguerpir le plus vite possible pour retrouver mon chez-moi. Le regard du bûcheron se renfrogne, un sourire écorne ses lèvres. Cela ressemble plutôt à un rictus de chien hargneux.

— Un mail suffira, rétorque-t-il sans une once d'amabilité.

La lueur de triomphe qui traverse son regard me pique comme une banderille de toréador. Je plisse les yeux, mets toute ma fierté dans celui que je lui lance à mon tour. Je ne partirai pas !

Du moins pas avant d'avoir créé un chaos sans nom dans leurs vies. Mon sourire d'ange pétille d'une allégresse revenue en fanfare. Je doute qu'un type comme lui soit capable d'affronter la marée humaine d'un jour de soldes. Moi, je l'affronte depuis que j'ai douze ans. Il faut de la ténacité, de la roublardise, de la combativité, pour obtenir une paire d'escarpins sublimes tenue par quatre paires de mains. J'adore les soldes. Même si mes moyens me permettent d'obtenir ce que je veux sans batailler, je ne peux pas résister à une empoignade musclée pour gagner face à d'autres filles échevelées.

Et je gagne. Presque à tous les coups. Enfin, je gagnais…

Parce qu'à l'avenir je doute fort qu'avec mon salaire d'institutrice je puisse continuer le train de vie luxueux que je menais.

— Je vous présenterai les enfants demain matin, s'interpose Nancy, de peur sans doute que nous nous jetions d'autres amabilités à la figure. Si vous avez besoin de quoi que ce soit, je reste à votre disposition, ajoute-t-elle aimablement.

Son coup d'œil de mise en garde à Tomas paraît être reçu cinq sur cinq. Il rompt le combat le premier, nous salue d'un signe de tête sec, tourne les talons en direction de la porte restée ouverte.

Il n'y a pas à dire, sa dégaine rustre et virile est très agréable à admirer. Mon regard et celui de Nancy le suivent jusqu'à ce qu'il disparaisse.

— Qu'est-ce qu'il a après moi ?

— Vous êtes la fille de Sean Newel, répond simplement Nancy.

Je la regarde, ébahie qu'elle me laisse entrevoir ce que j'aurais cru qu'elle me cacherait.

— Tomas est le maire de cette ville. La seule entreprise qui permet de faire vivre une partie de la population locale est la chocolaterie.

— « La chocolaterie » ?

— La chocolaterie Doyen. Vous ne connaissez pas ?

— Non.

J'avoue sans honte n'en avoir jamais entendu parler. Mais que mon père puisse s'y intéresser ne m'étonne qu'à moitié. Depuis six ans, le roi du biscuit s'est lancé sur le marché du chocolat. Les cookies, cupcakes et muffins dont il est le principal pourvoyeur ne suffisent plus à sa voracité gloutonne.

Nancy m'observe avec circonspection, étonnée par la franchise de ma réponse.

— C'est une vieille entreprise dans laquelle le savoir-faire est transmis de père en fils depuis six générations. Un savoir-faire identique à celui des Suisses, en Europe. Personne ne produit des chocolats de la qualité de ceux qui sortent de nos ateliers.

— Je ne vois pas en quoi ça me concerne.

— Tomas était directeur d'une chocolaterie dans l'est du pays. Votre père a racheté l'usine, et l'a démantelée sans faire de sentiment. Soixante-trois employés remerciés, une production loin de la qualité qui en avait fait la réputation. La gestion drastique ne correspondait pas à ses conceptions du management, et il a démissionné. C'était la chocolaterie de sa famille.

— Oh !

Voilà qui explique son animosité… Que dire ? Que je suis désolée ? Je ne le suis pas. Que je comprends l'attitude de Tomas à mon égard ? Je la comprends.

Qu'il ait perdu l'héritage familial ne l'autorise cependant pas à me traiter d'imbécile ou à porter un jugement sur moi sans me connaître.

— Il a peur que le scénario se reproduise ici. Votre arrivée n'est pas un bon signe pour nombre d'entre nous.

— Pourquoi m'avez-vous engagée, dans ce cas ?

Je ne comprends plus. Il lui suffisait de refuser ma candidature et l'affaire aurait été close.

Elle me sourit gentiment.

— Vous êtes la seule à avoir répondu à l'annonce. Et nous avons réellement besoin d'une institutrice. J'ai pris la liberté de vous engager, non sans que ça ait créé quelques remous, en ville. Je comprendrais que vous vouliez partir, mais les enfants ont besoin d'un enseignant. Peu importe que vous soyez la fille de Sean Newel, tant que vous leur apportez un enseignement de qualité.

Le silence perdure un long moment entre nous. Ma

vision de la situation est bousculée par la franchise de ses aveux.

— Écoutez… Tomas est persuadé que vous êtes une espionne à la solde de votre père et il en a convaincu une partie de la ville. Je suis certaine qu'il a tort mais, si c'est le cas, prenez le temps de comprendre ce que nous sommes avant de lancer les chiens sur nous.

— Quel est votre intérêt à me dire tout ça ?

Pourquoi dévoile-t-elle ses batteries aussi facilement ? Est-ce un piège ?

— Je suis la propriétaire de la chocolaterie, m'explique-t-elle alors, avec un sourire mélancolique.

Cette fois, je n'y comprends plus rien !

4

Tomas va gagner son pari. Je jette l'éponge !

Affalée sur la chaise du bureau, je balaie du regard la classe débarrassée de ses monstres à deux pattes. C'est pire que la guerre, ici ! Aucune échappatoire, aucun abri antiatomique, aucune trêve. Le conflit est pire qu'un combat armé. Les enfants sont de véritables bourreaux en puissance.

Le fils de Tomas, Alan, est le plus virulent de tous. Il m'a interrompue toutes les deux secondes et a contesté toutes mes décisions. Il m'a ridiculisée devant la classe entière à propos d'un insecte dont je n'ai jamais entendu parler de ma vie, comme cette grenouille ou ce lézard des tropiques. Je ne suis pas zoologiste, moi !

Je pose ma tête sur mes bras repliés sur le bureau. Ma migraine est en passe de devenir une montgolfière prête à s'embraser d'un feu destructeur. Je ne suis pas certaine que mon cerveau va résister. Ai-je un cerveau, d'ailleurs ? J'en doute, tant je me sens stupide face à ces gamins démoniaques.

Même le jeu éducatif devant lequel j'ai installé les

plus petits a été un échec. Alan m'a poussée d'un air dédaigneux semblable à celui de son père et a expliqué aux petits comment remplir leur panier de victuailles pour passer au niveau supérieur en moins de deux minutes, alors que je m'escrimais encore à tenter de comprendre le principe de base. Un gamin de huit ans m'a ridiculisée devant tous les autres !

Je n'ai plus qu'à partir pour tenter de sauver le peu de dignité qu'il me reste.

— Bonsoir ! me lance Nancy depuis la porte de la classe.

Je me redresse, affiche un sourire en pilotage automatique dans un dernier sursaut de fierté.

— Alors, cette première journée ? me demande-t-elle aimablement.

Elle pétille d'énergie alors que je suis éreintée, épuisée, déchargée comme une vieille pile. Voilà ! C'est ce que je suis : une pile vide, lourde, inutile, bonne à jeter sans passer par la case recyclage.

— Bien.

Mon mensonge la fait rire, tandis qu'elle range les jouets épars sur les tables des petits et des grands. J'ai démissionné après deux heures de bombardement de questions sans queue ni tête, de rires moqueurs, de coups d'œil méprisants explicites, d'avions en papier ou de boulettes de buvard lancées sur le tableau blanc.

Elle finit par s'installer sur la table en face du bureau.

— Ils t'ont mené la vie dure ?

— C'est la guerre.

— Je t'avais prévenue. Les enfants sont des éponges.

Les difficultés de leurs parents rejaillissent sur leur comportement à l'école.

— En parlant d'éponge, moi, je la jette ! dis-je en rassemblant mes affaires personnelles.

Je calcule qu'en moins de deux heures je pourrais être dans un charmant petit hôtel, à siroter un cocktail bien dosé pour oublier l'épisode Harrington et ses monstres locaux. Grands et petits !

— Une journée et tu craques déjà ? C'est un record, se moque-t-elle, sans aucune compassion pour ma fierté blessée. Je pensais qu'une fille comme toi aurait plus de punch pour faire céder une bande de vauriens.

— Une fille comme moi ?

— J'imagine que ça ne doit pas être évident d'être la fille de Sean Newel. Toutes ces soirées huppées, ces voyages aux quatre coins du monde… Tous ces solliciteurs dont tu dois te débarrasser. Qu'est-ce qu'une bande de gamins face à un parterre de journalistes aux dents longues ou aux personnalités que tu rencontres ?

Je la regarde, déboussolée. Cette bande de gamins est pire que tout ce que je connais ! Ils sont ingérables, n'obéissent à aucun code connu, vivent dans un monde parallèle dont je n'ai nullement l'intention de trouver la porte. La seule porte qui m'intéresse, désormais, c'est celle qui me permettra de sortir de cette impasse. Et c'est celle de cette classe.

— Ils ne veulent pas de moi et je ne veux pas d'eux, dis-je pour couper court à son sermon moralisateur.

Elle ne peut pas me persuader d'être ce que je ne suis pas.

Edison, elle, s'éclaterait dans une situation aussi désastreuse. Elle chamboulerait tout, dynamiterait la moindre résistance, mais je ne suis pas faite de ce bois-là.

Moi, je suis du genre mouton. Celui qui bêle lorsque les autres bêlent, qui se sauve lorsque les autres se sauvent, qui se jette dans un ravin lorsque le troupeau décide de se suicider. Avec un gène d'autruche, en plus. S'enterrer la tête dans le sable pour ne pas affronter sa propre vie, c'est ma spécialité. Je n'ai nullement l'intention de batailler pour atteindre un but inaccessible.

— Tu as raison, démissionne avant de faire des dégâts. Je suis déçue de m'être trompée sur ton compte. Je pensais qu'un peu de la combativité de ton père coulait dans tes veines, mais tu n'es qu'une fille gâtée, molle comme une guimauve, m'assène-t-elle, en se dirigeant vers la porte. Finalement, Tomas avait raison.

Croit-elle me faire réagir avec son propos insultant ?

Elle a tort. Les insultes n'ont plus aucun effet sur mon épuisement moral, physique et psychique. Je ne suis qu'une larve. Je retourne à mon état de larve. Point barre.

La porte claque sur son départ vibrant de mécontentement. Je la fixe pendant de longues minutes, inerte et molle.

La sonnerie de mon téléphone me sort de ma paralysie mentale.

— Salut ! roucoule Nelly à mon oreille.

Je n'ai aucun mal à l'imaginer sur une terrasse peuplée de nos connaissances, un verre à la main, en train de mater les hommes présents. Notre passe-temps favori.

— Salut.

— Oh ! C'est si enthousiasmant ?

— Mieux encore.

Son rire me fait grincer des dents. J'y entends sa victoire, sa réjouissance ma défaite.

— Tu arrives quand ? Les Preston donnent une petite soirée sauvage sur le lac, après-demain soir. Je t'ai gardé une place chez José. Sa nouvelle manucure fait des merveilles, tu vas adorer.

— C'était si évident ?

— Tu n'es pas une guerrière, Bea. Laisse donc ce rôle à ton frère et ta sœur. Profite plutôt de la vie qu'on t'offre. Pourquoi vouloir trimer comme une bête, alors qu'il te suffit de claquer des doigts pour tout obtenir ?

Constat décourageant. Ma meilleure amie aussi me voit comme une larve !

Je suis la ratée de la famille, inadaptée sociale en dehors de la bulle de confort instaurée par mes parents. Tout ça à cause d'une leucémie enfantine vaincue par une greffe de moelle osseuse. Six ans de combat dont je garde peu de souvenirs, à part cette blancheur immaculée autour de moi ou cette musique douce ou cette horrible gelée bleue. Depuis tout ce temps, j'ai gardé le statut de malade dans l'esprit de mes parents. Ils ne me voient plus que comme cette enfant souffrant sur son lit d'hôpital. Les épisodes de lutte, les drames dont ils ne parlent jamais ont jalonné mon enfance. J'étais une combattante à l'époque. J'ai dû me battre pour survivre à la maladie. J'ai résisté aux complications provoquées par la greffe jusqu'à ce que je devienne une petite fille comme les autres.

Peut-être ai-je épuisé mon capital de combattante lors de cette lutte permanente ?

— Ne compte pas sur moi. Je reste, dis-je, réalisant que cette décision va à l'encontre de ce que je veux vraiment.

En revanche, je sais que, si je jette l'éponge aujourd'hui, plus jamais je n'aurai une autre chance de prouver ce dont je suis capable. Je dois retrouver la force de cette fillette de six ans qui se battait pour chaque souffle de vie, malgré sa condamnation irrémédiable. Mes chances de survie étaient de l'ordre du néant, sans une greffe miraculeuse. Une chance m'a été accordée lorsqu'un garçon m'a fait le don immense d'un peu de moelle osseuse après l'appel de Robin sur les réseaux sociaux. Des centaines d'enfants se sont portés volontaires, à travers le pays, pour des tests de compatibilité. Un raz-de-marée de solidarité a permis de sauver trente-deux enfants dans le même cas que moi. Une générosité sans commune mesure dont j'ai profité, sans jamais faire à mon tour acte de charité ou de générosité désintéressée. Le constat est perturbant.

— Tu restes ? Tu es folle ! s'écrie Nelly, paniquée par ma résolution.

— Je dois rester. C'est important pour moi. Ne t'en fais pas, je vais m'en sortir. D'une manière ou d'une autre, dis-je sans grande conviction sur mes capacités à faire face à une bande de gamins hostiles.

— Tu ne peux pas !

— Si, je peux.

— Bea, sois réaliste. Ce n'est pas ton monde. Reviens !

— Ce n'est peut-être pas mon monde, mais j'ai l'intention de le visiter. C'est important pour moi.

— Ne me dis pas que tu nous fais ta crise de la quarantaine ? C'est un peu tôt, non ?

— C'est bien tard, au contraire. J'ai eu une seconde chance, Nell, et je n'en ai rien fait jusqu'à présent. Il est temps que je paye ma dette.

— Ne me dis pas que c'est cette vieille histoire qui te trotte dans la tête.

— Ce n'est pas une vieille histoire. C'est mon histoire. Je dois la vivre différemment, maintenant.

— Qu'est-ce qu'ils t'ont fait boire ? Tu dérailles !

— Je crois qu'au contraire je viens de me remettre sur les rails. C'est une expérience que je dois tenter.

— Bea ! soupire-t-elle, découragée par ma soudaine volonté à poursuivre une aventure difficile.

— Prends des photos des soirées et envoie-les-moi par mail. Ça me rappellera le bon temps.

— OK. Je t'appellerai tous les soirs pour un débriefing et un soutien moral. Éclate-toi, puisque c'est ton choix, mais reviens, si tu sens que c'est trop dur. Ton père tourne comme un lion en cage et ta mère regarde dans le vide pendant des heures sans plus houspiller Maria.

Je grimace au tableau qu'elle me dépeint. Je suis la seule de la fratrie à être restée vivre chez mes parents. J'imagine sans peine le vide qu'ils doivent ressentir à cause de mon absence. Eux aussi doivent apprendre à vivre sans moi. Ils sont restés à mon chevet pendant tant d'années que le cordon n'a jamais été coupé entre nous. Papa a cru me retenir en me coupant les vivres, sans comprendre que c'était peut-être ce lien qui nous reliait si fort que j'avais besoin de rompre. Pour eux, autant que pour moi.

Robin et Edison ont acquis leur indépendance très tôt parce que mes parents n'étaient pas disponibles pour eux, par ma faute. Je n'ai jamais réalisé à quel point j'ai pris toute la place, pour ne laisser que des miettes à mon frère et ma sœur.

Et cela n'a pas changé à l'âge adulte.

— Ils doivent apprendre à vivre sans moi, dis-je, désemparée par ce constat déplorable, dont je n'avais encore jamais appréhendé les conséquences pour les autres.

— Vivre sans toi ? Ne dis pas ça, c'est morbide ! Appelle-les pour les rassurer ou crée l'un de ces blogs : « Ma vie de riche héritière aux confins de la quatrième dimension », s'esclaffe-t-elle, de l'émotion dans la voix.

C'est la raison pour laquelle je l'aime. Elle me soutient malgré la peine qu'elle a de me savoir loin, déboussolée et malheureuse.

— Je vais y penser, mais ce serait plus « La guerre des deux mondes », dis-je avec un accent d'humour.

— Oouh ! Dans ce cas, je veux un compte rendu précis de toutes tes batailles !

— Merci, Nell.

— Fais attention à toi, Bea, me recommande-t-elle avec un dernier soupir de déception.

Je regarde mon téléphone muet comme s'il pouvait me

donner les réponses pour gagner cette guerre d'usure. Quoi que je fasse, je ne serai jamais une combattante, je le sais. Mais j'ai une qualité. Je suis persévérante, avec un grain de laxisme aussi gros qu'un œuf. Après tout, ces mômes ne sont rien pour moi ; cette ville n'a aucune importance, ses habitants et leurs opinions encore moins. Je n'ai rien à leur prouver. C'est à moi que je veux prouver que je peux devenir autre chose que tante Marcie.

Ma résolution s'accroche à mon cerveau. Je reste. Quoi qu'ils fassent, disent, inventent pour me martyriser, me dévaloriser, me mettre plus bas que terre, je demeurerai neutre, détachée, distante, observatrice de ce monde inconnu. L'idée du blog me plaît, tout à coup. Je pourrais y trouver un dérivatif à ma déprime ou ma révolte.

Je ris, l'allégresse de la veille de nouveau au cœur.

Pourquoi ne pas m'amuser ?

Toute la ville doit désormais savoir que je suis la pire des institutrices. Je n'ai plus rien à perdre. Ma dignité ou ma fierté ? Une larve n'a ni l'une ni l'autre.

Et puis, les faire tourner en bourrique tous autant qu'ils sont pourrait apaiser ma rancœur.

La porte s'ouvre sans avertissement, et la haute silhouette du bûcheron se profile dans le cadre trop petit pour lui. Il n'y a pas à dire, cet homme impressionne par sa seule présence, son aura d'une force presque palpable. Il ferait des ravages dans les salons à la mode ! Je glousse, le téléphone à la main, l'idée d'envoyer une photo à Nelly dans un coin de mon cerveau éreinté par cette journée de combats. Mais un autre combat se profile à l'horizon : la lueur de triomphe dans les yeux bruns, l'attitude arrogante, la manière nonchalante d'approcher de mon bureau me persuadent que Nancy a fait son rapport. La larve Newel retourne dans son cocon.

Perdu ! La larve se décide à déployer ses ailes pour s'envoler vers une nouvelle vie.

— Vous partez ? attaque-t-il.

C'est une affirmation victorieuse bien plus qu'une interrogation polie.

— Oui.

Un sourire fauve étire ses lèvres, ses yeux pétillent, provoquant un bouleversement dans ce visage viril. J'avais raison de croire qu'il pouvait être craquant avec un sourire. Il est même mieux que ça ! Sa petite mèche en accent sur le front, ses yeux bruns étincelant de la victoire, ses traits illuminés du sourire du diable lui donnent un charme fou, avec une pointe de sauvagerie attirante. Je l'imagine sans peine en smoking au milieu d'une foule de mondains. Son aura serait le point de mire de toutes les personnes présentes. Impossible de ne pas le voir, de ne pas être attirée par un tel charisme. Un seigneur.

Pour l'instant, le seigneur jubile de sa réussite. Je lui glisse mon sourire d'ange innocent, cligne des yeux effrontément, mon allégresse visible pour un inquisiteur de sa trempe. Il se rembrunit, inquiet, tout à coup, de me trouver joyeuse. Je glousse de le voir perplexe, de l'incompréhension au fond de ses yeux.

De très beaux yeux, constaté-je, étonnée de n'y avoir pas pris garde la veille.

Il ferait des ravages à Chicago ou New York, cet homme !

— Définitivement ?

— Non.

Hoquet retenu de sa part, jubilation de la mienne. Chacun son tour. Ses yeux virent à l'orage, sa mâchoire se crispe. Son air d'ours hargneux bouscule ses traits séduisants.

— Ne me dites pas que vous revenez demain ?

— Si. Pourquoi ?

Je joue à l'innocente, prodigieusement amusée par sa tension soudaine.

— Parce que vous…, commence-t-il, sans oser me dire en face que je suis la pire des institutrices.

Aurait-il peur que je dénonce leur complot, à son fils et lui, pour me faire tourner chèvre ?

Je le regarde en face, sereinement. Un sentiment de plénitude envahit étrangement mon cerveau. Plus il bataillera pour me faire partir, plus je m'accrocherai. Uniquement pour le faire rager comme il rage à l'instant. J'adore son geste d'agacement retenu, sa main perdue dans ses cheveux bruns pour les ébouriffer.

De beaux cheveux.

Franchement, cet homme a trop d'atouts. Ce n'est pas humain d'accorder autant de qualités physiques à un seul homme ! Son caractère d'ours est le revers de la médaille.

Je tente d'imaginer sa femme, sans succès. Il en

faut, des qualités d'abnégation, pour supporter un tel homme ! À moins que le physique ne soit un puissant annihilateur, un anesthésiant contre toute révolte ?

J'écarte cette donnée de mon esprit pour ne pas dévier sur des chemins lubriques.

— Virez-moi, si vous n'êtes pas content, dis-je d'un ton arrogant, les yeux plantés dans les autres yeux plissés.

La flamme de colère, sa crispation tendue me prouvent qu'il ne supporte pas ma soudaine détermination. La larve se tortille pour s'extraire de sa ganse de soumission.

— Je n'aurai pas à le faire. Vous partirez de vous-même, lâche-t-il d'une voix éraillée rude comme les troncs des arbres qu'il doit abattre.

Il fait demi-tour, sort de la classe d'une démarche raide, le dos magnifiquement tendu sous la chemise à carreaux ringarde. Une chemise de bûcheron. Je soupire de son départ précipité, souris tristement d'être déterminée à rester dans cette galère.

— Allez, ma vieille. Prouve que tu n'es pas que Beatrix Newel, la fille de son célèbre père.

La classe est dans un désordre indescriptible, mais je n'ai pas le courage de ranger quoi que ce soit. Après tout, les enfants semblent apprécier le désordre, autant ne pas les contrarier.

Le pare-brise de ma voiture s'étoile d'un nouveau papillon de couleur pour stationnement illégal. Quatre-vingt-dix dollars. Je vais être ruinée en moins d'une semaine, si le shérif s'obstine à me prendre pour cible. Une manière comme une autre pour me faire déguerpir ou une solution pour renflouer les caisses de la ville ? Je leur dois déjà plus de 300 dollars. Mon compte en banque ne va pas résister à ce rythme, même si Nancy me loge gratuitement dans une petite maison à l'orée de la ville.

Une autre épreuve que cette maison… Je ne sais pas cuisiner, ni faire le ménage, encore moins tondre la pelouse. Toutes ces choses que fait le commun des mortels dans une maison pour qu'elle ne ressemble pas à une porcherie en moins de deux jours. Je suis restée stupide, hier soir, face au frigo garni par les soins de Nancy. Des victuailles aussi simples que des œufs, du lard ou des légumes frais m'ont prouvé mon incapacité à préparer un simple repas. Les coquilles, dans ce qui était une tentative d'œufs brouillés, ont occupé trois quarts d'heure de mon pauvre repas. Mon estomac a crié famine une grande partie de la nuit.

Nuit maudite pendant laquelle des bruits insolites m'ont réveillée toutes les heures. La campagne recèle des sons inhumains à glacer le sang d'une citadine. Enroulée dans ma couverture, je suis restée ainsi éveillée une partie de la nuit, incapable de calmer ma terreur sourde ou de chasser les images des films d'horreur dont je me suis gavée innocemment par le passé, sans me rendre compte que l'horreur peut être à ma porte, là, juste derrière ce battant de bois trop mince.

En attendant, je dois maintenant regagner mes pénates, tenter de me préparer un repas et déterminer ma stratégie pour les prochaines batailles.

Vaste programme !

5

Ma vie est un enfer !

Les mains dans mes moufles en angora, je tente d'éplucher des carottes. Le couteau ripe une centième fois, égratigne mon gant protecteur, tremble entre mes doigts découragés.

J'ai une faim de loup, mais suis incapable de me faire à manger sans que ce soit brûlé, réduit à l'état de charbon, cru et sanguinolent, ou immangeable par excès ou manque de sel. Je n'ose pas sortir pour acheter ne serait-ce que des boîtes de conserve à réchauffer au four à micro-ondes. J'ai des doutes sur le fonctionnement de ce foutu four. Hier soir, les étincelles, le gonflement anormal de la boîte que j'y avais placée et la panne de courant qui a suivi m'ont laissée apeurée face à cet instrument du diable. Ce matin, la douche à l'eau froide et l'absence d'électricité dans toute la maison m'ont fait maudire la campagne et ses désagréments.

Ce n'est pas en ville que l'électricité resterait coupée pendant toute une nuit et une partie de la matinée !

Je me suis rabattue sur des légumes, espérant apaiser mon estomac qui grogne de faim.

Ma joue me démange abominablement. Je tente une caresse de ma moufle en angora, grimace sous la brûlure plus insupportable encore.

Maudits gamins !

Je les voue aux enfers depuis hier. Dire que j'ai pris leur cadeau comme une sorte de calumet de la paix ! En réalité, c'était la hache de guerre.

Une semaine à les laisser faire tout ce qu'ils voulaient dans la classe. Ils me demandaient « On peut faire de la peinture ? », je répondais « Oui ». Lorsqu'ils se sont attaqués aux murs de la classe, je les ai pris en photo, amusée de leurs mines perplexes, lorsqu'ils ont constaté que je n'explosais pas de colère devant leurs œuvres affichées illégalement sur le mur. Le dessin obscène d'Alan a été effacé par Amy, une fille plus intelligente que le reste des élèves.

Depuis deux jours, je découvre les charmes de l'autogestion. Les enfants aussi. Certains d'entre eux commencent à comprendre que la liberté peut être source de désagréments. Plus de devoirs, plus de contrôles, plus d'évaluations ni de cours de ma part. S'ils veulent étudier, ils doivent se prendre en charge. Je les renvoie à leurs manuels scolaires sans m'occuper de ce qu'ils font, réponds à peine aux questions qu'ils me posent et leur explique qu'Internet n'est pas fait pour les chiens. J'y navigue moi-même toute la journée sans tenir compte de leurs occupations. J'ai tout de même craqué lorsque Matilda, une petite fille de quatre ans, est venue me demander une histoire de fées, les larmes aux yeux d'avoir été méchamment rabrouée par Sammy, un gamin insupportable, prêt à frapper son interlocuteur en cas de désaccord.

Alan s'est institué chef de la bande des vauriens, Amy le défenseur des opprimés. Opprimés de plus en plus nombreux, prêts à se révolter face au despotisme du fils du maire. Hier matin, le conflit a éclaté en bataille rangée. La classe a été dévastée par les jets d'objets divers lancés d'un camp vers l'autre. Retranchés derrière leurs tables comme sur un champ de bataille, les deux partis se sont affrontés avec virulence à coups d'insultes, de hurlements, de destruction massive du matériel scolaire.

Assise à mon bureau, j'ai compté les points, pris des photos des meilleures attaques et me suis esclaffée à la vue de la mine ahurie du maire, qui a déboulé en catastrophe au milieu de la plus grande guerre scolaire de la ville, de l'État ou du pays.

Il en est resté soufflé, le pauvre !

— Qu'est-ce que… ? a-t-il tonné, stoppant net les hostilités.

J'ai regretté qu'il soit assez rapide pour éviter le pot de peinture rouge.

— Nom de Dieu ! a-t-il murmuré d'une voix anéantie, devant tant de dégâts.

— On ne jure pas en classe, ai-je dit de ma voix douce de maîtresse laxiste.

Il m'a regardée avec des envies de meurtre. Les enfants étaient figés comme des statues face à lui, dont la colère remplissait la classe d'une vibration inquiétante. Ils attendaient sans doute qu'il me fasse des remontrances, m'insulte, me demande des explications ou me renvoie.

— Il est bon qu'ils s'expriment en toute liberté, ai-je ajouté, pour voir jusqu'à quel point je pouvais l'exaspérer.

Beaucoup, apparemment ! Il a rougi de colère, m'a assassinée d'un regard brut, puis s'est tourné vers les enfants.

— Vous avez une heure pour tout ranger et nettoyer, s'est-il contenté de leur dire d'un ton à couper n'importe qui en deux.

La volée de monstres s'est précipitée pour tout remettre en ordre.

— Vous, venez ! m'a-t-il ordonné d'un ton frigorifiant.

— Je ne peux pas. Il est strictement interdit de quitter la classe pendant les heures de cours.

Mon ton, aussi mielleux qu'impertinent, a allumé une bouffée de colère dans ses yeux.

Les enfants se sont de nouveau statufiés, dans l'attente de l'ouragan. Mon sourire d'ange, ma mine réjouie ont fait rugir sourdement le bûcheron. Mais l'ouragan a déferlé en dehors de la classe, dont il a claqué la porte violemment. J'ai cru qu'il allait l'arracher !

Le silence a duré trois minutes. Les enfants se sont tournés vers moi, visiblement stupéfaits que je n'aie pas été punie par le maire.

— Allez, faites ce qu'on vous a demandé de faire, ai-je dit en secouant la main.

Les deux heures de silence qui ont suivi m'ont remplie d'allégresse.

Finalement, enseigner n'est pas si difficile, me suis-je dit, persuadée que la leçon porterait ses fruits.

Les parents risquent d'être furieux, tout autant que le maire, mais je ne m'inquiète pas outre mesure. Si leurs enfants sont mal éduqués, je ne peux pas en être tenue pour responsable. Pour moi, une classe ne doit pas être une sorte de camp de l'armée, mais un lieu d'échange pour appréhender les aléas de la vie.

Le bouquet de fleurs que j'ai trouvé posé sur mon bureau au retour de la pause de midi m'a enchantée. Le calumet de la paix venait de m'être présenté. J'ai demandé aux plus grands de faire une rédaction sur la semaine écoulée, pendant que je racontais aux petits la guerre d'Indépendance à la manière d'un conte de fées, avec princes, princesses, grenouilles, carrosses, citrouilles et toute la panoplie.

J'avais gagné la première bataille.

Du moins, l'ai-je supposé, jusqu'à ce que des démangeaisons intempestives s'invitent sur mon visage et mes mains. C'est devenu tellement intenable que j'ai envoyé les élèves dans la cour une heure avant la fin officielle des cours. Le miroir des toilettes m'a renvoyé l'image terrifiante de mon visage attaqué par je ne sais quelle substance allergène. Je me suis passé de l'eau fraîche sur ma peau irritée pendant un quart d'heure, sans que ça apaise les démangeaisons. J'ai sonné la fin des cours, me suis enfuie en déchirant une énième contravention.

Depuis, je me terre, abrutie par l'attaque sournoise des enfants.

Une recherche Internet m'a renseignée sur le poison qu'ils m'ont jeté à la figure. Du sumac vénéneux, mêlé aux fleurs. Ma crème apaisante, hydratante, antiallergique, dont je me suis tartiné le visage, ne suffit pas à atténuer la brûlure. Les moufles sont la seule parade pour que je ne me gratte pas au sang, et ne me défigure à jamais.

Vauriens !

Pendant ma nuit d'insomnie, je me suis vengée. J'ai téléchargé les photos des garnements en pleine action de destruction de la classe. Un envoi sur le site de la mairie et une copie jointe au maire n'ont pas calmé ma hargne, mais, au moins, je me suis sentie un peu moins larve. Je m'étonne de n'avoir pas encore été convoquée manu militari par le maire, le conseil municipal ou un tribunal quelconque. Voire de n'avoir pas été incarcérée par le shérif Lewis.

Se dégonfleraient-ils ?

Je glousse, fière de ma petite victoire dans cette guerre d'usure dont je sens qu'elle va durer des semaines.

Un coup frappé à ma porte me fait sursauter. Je n'ai pas l'intention d'ouvrir à quiconque avec mon visage badigeonné de blanc, mes yeux révulsés par une conjonctivite larmoyante ou mes mains engoncées dans mes moufles roses.

Qu'ils aillent se faire pendre ailleurs !

Je croque dans ma carotte vaguement épluchée, grimace en sentant du sable sous mes dents.

— Mademoiselle Newel ? m'interrompt dans ma dégustation une voix grave.

Mon cri se perd dans ma toux de surprise. Des morceaux de carotte décident de visiter mes poumons. Je m'étouffe, crache, expulse une partie de mes poumons en feu, mon regard larmoyant écarquillé face au bûcheron entré illégalement dans la cuisine.

Il regarde, interloqué, ma dégaine décrépite.

Je resserre mon peignoir à ramages sur ma nuisette rouge au décolleté plongeant, rabats mes jambes nues et mes chaussettes bariolées sous la table, furieuse d'être surprise en situation d'infériorité.

— Qu'est-ce que vous faites là ?

Je toussote ma remarque aigre, les joues cuisantes d'une nouvelle attaque de sumac.

— Vous ne répondez pas au téléphone, j'étais inquiet, réplique-t-il d'un ton rogue, le visage crispé de contrariété.

Contrariété fugace. Son regard ne se prive pas de m'examiner des pieds à la tête. Son sourire sarcastique s'élargit. Son intérêt soudain pour ma petite personne me trouble. Mon geste vers mon visage en feu le fait rire sourdement. Mes moufles roses sont un amusement pour lui. Salaud !

— Il ne faut pas vous gratter, m'explique-t-il en reprenant son sérieux.

Mon regard larmoyant, incapable de lancer des fusées de colère, ne l'impressionne pas.

Je doute que quoi que ce soit l'impressionne. C'est un rustre sans aucune considération pour moi, un butor de la pire espèce, et son fils est le digne héritier de sa goujaterie.

— Je vous ai apporté de quoi apaiser la crise de démangeaison, ajoute-t-il en posant sur la table un sac en papier.

— Je n'ai pas besoin de votre aide.

— Si vous ne voulez pas ressembler à un clown pendant quinze jours, il serait préférable que vous vous soigniez. C'est un remède à base de plantes. Très efficace.

— Comme le sumac vénéneux ? dis-je aigrement, agacée d'imaginer toute la ville au courant de ma mésaventure.

— Plus efficace encore, répondit en souriant à peine de ma mauvaise humeur.

— Je n'en veux pas. Vous seriez capable de m'empoisonner.

— Ce n'est pas l'envie qui me manque !

— Et vous croyez que je vais vous faire confiance ?

— Je ne vous le demande pas. Si vous ne voulez pas vous soigner, libre à vous. Mais ne venez pas nous accuser de n'avoir rien fait si vous restez défigurée.

Son accusation mordante me fait froncer le nez.

— C'est ma faute, maintenant ? Je me fais agresser par un bouquet de fleurs et c'est ma faute ?

— Tout le monde reconnaît du sumac, se moque-t-il.

Il déballe du sac un pot marron et une bouteille remplie d'un liquide verdâtre.

— Je doute qu'il soit recommandé dans un bouquet de fleurs !

— Vous ne pouvez pas en vouloir à un môme de huit ans de ne pas reconnaître ce que vous-même êtes incapable de discerner ? ergote-t-il en ouvrant le four à micro-ondes, le pot à la main.

Il se fige en voyant la boîte de conserve gonflée comme une outre. Je n'ai pas voulu la sortir de peur qu'elle n'explose. Mon ventre gargouille. Le regard brun me fixe, plus perplexe que jamais.

— Ne me dites pas que vous avez voulu faire chauffer cette boîte ?

Son ton m'accuse, comme si faire chauffer une boîte de conserve dans un four à micro-ondes était un délit passible de la peine de prison.

— Je ne vois pas en quoi ça vous regarde !

Il se dirige vers l'interrupteur, allume, éteint : rien de plus que la veille au soir.

— Vous n'avez plus d'électricité ?

— Comme tout le monde. Ils sont hyper lents à réparer, ici !

Son sourire triomphant m'horripile.

— Désolé… Vous ne pouvez pas accuser le réseau, mais bien cette boîte de conserve, rigole-t-il en disparaissant dans le cellier.

La lumière jaillit tout à coup. Un chapelet de bips en tout genre marque la réanimation instantanée des appareils ménagers.

— Je comprends pourquoi nous n'arrivions pas à vous joindre, ironise-t-il, victorieux d'avoir redonné vie à la maison.

Je grommelle entre mes dents, les yeux brouillés de contrariété.

— On ne vous a jamais appris qu'il est fortement déconseillé de mettre une boîte de conserve ou tout autre ustensile à base de métal dans un four comme celui-ci ? m'assène-t-il d'un ton de maître d'école sévère, face au cancre culinaire que je suis.

— Pourquoi n'y a-t-il pas d'étiquette qui l'indique ? Ou une détection automatique ?

Je me défends tant bien que mal. Mon inaptitude à maîtriser cette partie-ci de ma vie est un secret que je ne tiens pas à partager avec lui. Surtout avec lui !

— C'est indiqué, là, me montre-t-il, plus narquois que jamais.

Je bougonne contre les caractères minuscules qu'il me montre du doigt.

— Il est foutu, constate-t-il en débranchant l'appareil que j'ai assassiné avec une simple boîte de conserve. Vous allez devoir le remplacer.

— Si votre shérif m'en laisse l'occasion !

Il se tourne vers moi, et m'observe, sourcils froncés.

— Je ne vois pas ce que Lewis a à voir avec le remplacement d'un four ?

— Moi, je vois très bien. Il me ruine avec ses contraventions journalières. Votre signalétique locale est particulièrement nébuleuse pour les étrangers.

Je désigne la pile de papiers bleu et rose posée sur le buffet derrière lui. J'en suis à plus de 1 000 dollars de contravention. En y ajoutant les frais, les indemnités de retard, je vais bientôt avoisiner les 1 500 dollars. Mon compte est largement garni, mais à ce train-là mon salaire mensuel ne suffira pas à payer deux semaines d'amendes. En trois mois, ça va me coûter la modique somme de 10 000 dollars, voire plus.

Tomas a saisi les contraventions ; il les compte ou vérifie que le shérif obéit bien à ses ordres.

— Stationnement illégal ? Vous n'aurez qu'à faire attention, à l'avenir, prétend-il en les reposant sur le buffet.

J'ai la confirmation que le complot est d'envergure. Je ne comprends d'ailleurs pas qu'il soit venu chez moi pour m'apporter ce que je doute être un remède efficace. Il est là uniquement pour constater ma déchéance ou m'entendre dire que je démissionne. Mais je n'y suis pas décidée. Si les enfants mettent le bordel une semaine supplémentaire, je serai vengée de l'attaque au sumac. Je n'accepterai plus rien de la part des élèves ou de tout autre habitant de la ville. Je suis décidée à me faire livrer mes courses de la ville voisine. Ils seraient capables d'empoisonner ma nourriture ! Je vais remplir le congélateur de plats préparés. La corvée de cuisine sera effacée d'un simple clic.

— Indiquez-moi dans ce cas un emplacement légal de stationnement. Ou précisez-moi toutes les subtilités de vos panneaux signalétiques. Le panneau mobile ? C'est légal ?

— Quel panneau mobile ?

— Celui qui, bizarrement, se retrouve près de ma voiture le soir, alors que le matin il n'y était pas.

— C'est vous qui le dites, réplique-t-il, manifestement vexé que je l'accuse d'escroquerie.

Sa mauvaise foi me fait rougir de colère. La démangeaison s'amplifie sur mes joues. Je respire calmement : m'échauffer le sang entraînerait une nouvelle et violente poussée d'inflammation.

Je préfère ne pas répliquer et croque dans ma carotte pour occuper mes dents.

Lundi, je prendrai des photos de ma voiture sous toutes les coutures à mon arrivée devant la mairie, je les lui posterai illico et j'exigerai sa présence, le soir, à mon départ.

On verra bien s'ils ne font pas preuve de tricherie !

Il farfouille dans un placard sans plus s'occuper de moi.

— Qu'est-ce que vous faites ?

— Je prépare de quoi vous soigner.

— Vous avez peur que j'attaque la municipalité pour agression volontaire ?

— Il faudrait prouver qu'il y a eu volonté de vous blesser. Pour l'instant, c'est la ville qui pourrait vous attaquer pour manquement à vos obligations d'enseignement. Vos photos des dégâts perpétrés par des enfants placés sous votre garde sont des éléments à charge.

— La mauvaise éducation de vos petits concitoyens n'est en rien de ma responsabilité ! Je leur ai demandé d'arrêter. Deux fois. Ils ne tiennent aucun compte de mes mises en garde. Je n'y peux rien s'ils sont éduqués comme des voyous de bas étage !

Mon ton doucereux le crispe tant l'analyse de la situation est pleine de bon sens.

— Une classe n'est pas un camp militaire ! Si vous vouliez mater votre progéniture, c'est un soldat à la retraite que vous auriez dû engager. De préférence un gars des commandos.

— Vous pourriez faire preuve d'un peu plus d'autorité !

— L'autorité n'a aucun pouvoir face à quelqu'un qui est décidé à ne pas obéir. Vous voulez que je les punisse, que je les frappe ? Ce n'est pas ma conception de l'enseignement.

— Quelle est-elle, alors ? Lorsqu'ils mettront le feu à la classe, vous les laisserez faire ?

— Non ! Je profiterai de l'occasion pour leur expliquer le fonctionnement d'un extincteur, des règles de sécurité en cas d'incendie. Il y a plein de choses à apprendre d'un incendie.

J'adore son haut-le-corps, son regard coupant de mécontentement, sa perplexité. Je glousse de le voir dérouté, inquiet à l'idée du loup qu'il laisse dans la bergerie. Il ouvre la bouche, prêt, je le jurerais, à me virer sur-le-champ. Mon regard de défi le crispe de contrariété. Il veut me voir capituler, c'est la seule chose qui le retient de me licencier.

— J'espère pour vous que vous avez une bonne assurance professionnelle, susurre-t-il comme une menace. Faites chauffer la pâte au bain-marie pendant cinq minutes, étalez-la uniquement sur les irritations. Pour nettoyer, utilisez ceci. Tiède. Trois fois par jour, lance-t-il, avant de quitter la cuisine comme il est venu.

Comment est-il entré ?

Je cours à la porte pour lui poser la question, mais il est déjà au volant de son gros pick-up.

Zut ! Je vais devoir me barricader, s'il peut pénétrer chez moi comme bon lui semble !

J'en frissonne.

6

— Amy ?

J'appelle la fillette qui s'apprête à sortir de la classe. Elle est ma seconde en chef depuis le début de la semaine. Une aide précieuse pour dompter les monstres à deux pattes, monstres en passe de s'apprivoiser.

Non pas de mon fait, mais grâce à Nancy et elle.

Mon petit laïus sur l'éducation déplorable des enfants de Harrington à monsieur le maire a porté ses fruits. Les parents étaient tous présents le lundi matin à mon arrivée à la mairie.

Mon visage ne ressemblait pas tout à fait à un visage humain, mais les démangeaisons me laissaient un répit appréciable depuis la veille au soir. Le remède du bûcheron était d'une efficacité prouvée contre les démangeaisons, mais ne me permettait pas une sortie dans le monde sans faire fuir les enfants. Je devais cacher ma peau, devenue verdâtre à cause de l'étrange mixture nauséabonde, sous une abondante couche de fond de teint pour lui redonner une couleur presque naturelle. Les boursouflures déformaient mes traits en une sorte de masque de monstre de Halloween.

Sauf que j'avais un peu d'avance pour réclamer « des bonbons ou des bêtises » !

Assemblés dans la petite cour de la mairie, parents et élèves m'ont stoppée net dans ma remontée vers ma classe. J'ai cru devoir faire face à un tribunal ou un de ces rassemblements destinés à mon châtiment. Un traitement au goudron et aux plumes aurait complété mes déboires.

J'ai hésité à faire demi-tour pour fuir à toutes jambes, peu encline à subir d'autres avanies. Mon visage gonflé, mes yeux larmoyants prouvaient sans contestation l'attaque sournoise d'un « bouquet de fleurs ». J'étais décidée à ne plus me cacher, mais au contraire à montrer à tous de quelle manière cette bande de vauriens avait osé attenter à mon intégrité physique. Les regards baissés des enfants, le semblant d'embarras des parents, leurs yeux qui se détournaient de mon visage, l'absence de sourires narquois m'ont incitée à avancer comme si de rien n'était, royale, hautaine et glaciale.

J'ai monté l'escalier dans un silence de mort, suivie de la cohorte d'adultes et d'enfants penauds. Le silence s'est fait plus lourd lorsque j'ai ouvert la porte de la classe pour découvrir une salle nettoyée, débarrassée de ses graffitis muraux et parfaitement rangée.

— Mais…, ai-je commencé, éberluée de ne pas retrouver le champ de bataille de la semaine précédente.

— Quelques parents sont venus pour tout remettre en ordre, m'a soufflé Nancy en catimini.

— Pourquoi ?

Elle m'a regardée d'un air étrange, désorientée par ma question simple.

— Eh bien…, a-t-elle commencé, c'est mieux comme ça, non ?

— Non ! Les enfants ont choisi d'étudier dans le chaos. S'ils avaient voulu que tout soit aussi parfait, ils n'auraient rien détruit. Ce n'est pas aux parents de réparer les fautes commises par leurs enfants. Certains sont assez grands pour assumer leurs choix, ai-je dit d'une voix forte, pour que tout le monde m'entende.

— Oui, mais…

— Il n'y a pas de « oui, mais » ! C'est de la responsabilité des enfants de maintenir cet endroit dans un état propice aux études. Je ne suis pas une femme de ménage et encore moins un larbin. S'ils font des bêtises, à eux d'assumer. Plus vite ils apprendront que nous sommes toujours responsables de nos actes, plus vite ils deviendront responsables, ai-je assené sévèrement.

Mon hypocrisie n'avait d'égale que ma jubilation devant les mines contrites des parents et des enfants.

— Les enfants, remerciez vos parents d'avoir réparé vos bêtises. Mais à l'avenir vous serez les seuls responsables de cet espace de vie. Soit vous le respectez, soit vous en faites une porcherie.

Tous m'ont regardée. Manifestement, mon petit discours moralisateur les laissait aussi perplexes qu'embarrassés.

J'étais pourtant bien la dernière à pouvoir donner ce genre de leçons ! Je ne sais même pas faire mon lit, ma lessive ou la cuisine ! Si Maria et Inès, les domestiques de mes parents, ne nettoyaient pas après moi, la maison aurait ressemblé à n'importe quoi en moins d'une semaine.

Les enfants m'ont obéi et, avec de petites voix embarrassées, ont remercié les adultes présents, que j'ai congédiés d'un geste dédaigneux.

Amy, la porte-parole officielle des élèves, s'est avancée vers moi, la mine rougissante et les yeux baissés.

— Nous nous excusons pour avoir été méchants avec vous, mademoiselle Newel. Nous ne recommencerons plus.

— Oh ! vous pouvez recommencer si vous voulez. Mais vous passerez tous pour des imbéciles, si je publie les photos sur Internet. Aucune université ne voudra jamais accueillir des enfants capables de ravager leur classe juste pour embêter leur institutrice, ai-je dit avec conviction.

Le grand benêt de la classe m'a regardée, les yeux grands comme des soucoupes, effrayé par ma menace.

— Je ne pourrai pas aller à l'université ? a-t-il couiné de sa voix de fausset, qui hésitait entre les graves et les aigus.

— Ni toi ni personne, si vous montrez si peu de respect envers vos aînés, les biens publics, et n'êtes pas responsables de vos actes. Et je ne parle pas des actes de vengeance perpétrés par pure méchanceté !

Je n'ai jamais vu une bande de vauriens se dégonfler aussi rapidement. Mon visage boursouflé prouvait leur culpabilité. C'est alors que j'ai remarqué l'absence du chef de guerre, Alan. Évidemment, Tomas n'était pas prêt à venir s'excuser, son fils encore moins ! Ils ne capitulaient pas, mais se désolidarisaient du reste des parents d'élèves. J'en ai ressenti une allégresse malsaine. Je ne gagnais pas sur tout le tableau, mais remportais tout de même une grosse partie du lot.

— Amy, je te nomme déléguée de classe. Tu seras la porte-parole du groupe.

— C'est quoi un porte-parole ? a demandé Steven, un garçon introverti qui me regarde toujours avec terreur.

— Un « porte-parole », c'est une personne qui porte la parole des autres pour se faire entendre.

— Comme un syndicaliste ? m'a demandé un autre garçon plus âgé, dont je n'avais pas enregistré le nom.

— Oui. C'est ça. On discute avant que la situation ne devienne difficile et que le conflit ne se transforme en bataille rangée. Tous les jours, après la pause déjeuner, vous vous rassemblerez en conseil. Chacun aura le droit de parler en toute liberté pour exprimer son avis. C'est ce qu'on appelle la démocratie. Nous voterons ensemble les décisions à prendre pour le bien de tous. Pour l'instant, chaque grand va devenir le tuteur d'un plus petit.

— Ça veut dire quoi ? a braillé Cynthia, une petite fille dégourdie, bavarde comme une pie.

— Ça veut dire qu'un grand va devenir ton professeur personnel pour te faire travailler tes devoirs.

— Et qui va nous faire travailler, nous ? s'est inquiété le grand benêt, perturbé de devoir prendre sous son aile un camarade.

— Moi, ai-je répondu pour couper court à toute nouvelle question.

Depuis une semaine, je dois dire que le système fonctionne plutôt bien. Je suis contente de ma trouvaille. Les grands doivent faire preuve de diplomatie, de curiosité ou de patience pour faire travailler les plus petits. Une sorte de révision de leurs propres connaissances. Les bases branlantes ne tiennent pas face aux perpétuels « Pourquoi ? » ou « Je ne comprends pas ! » des petits. En trois jours, j'ai pu détecter les points forts et les points faibles de chacun. Maintenant, il me faut trouver des solutions aux situations particulières de chacun d'eux. Je cherche, fouille, pioche à droite et à gauche. Je suis la reine d'un forum où mes questions stupides trouvent des réponses sensées ou farfelues. Les plus farfelues ne se révèlent d'ailleurs pas les plus inefficaces. Tout ce que j'ai pu comprendre lors de mes études a volé en éclats face au public hétérogène de ma classe. Je dois jongler en permanence, pratiquer un enseignement individualisé, utiliser des méthodes diverses pour obtenir des résultats de la part de mes cobayes. J'ai le sentiment d'être devenue une chercheuse en intelligences multiples. Épuisant mais passionnant.

Je me prends à aimer cette quête perpétuelle pour ouvrir l'esprit de mes petits monstres.

Mais il est un monstre dont l'absence prolongée m'inquiète. Alan n'est pas venu en classe de toute la semaine. La rancune du père à mon égard n'est pas une raison valable de priver un enfant de son droit au savoir. J'ai décidé d'agir et d'aller dire à monsieur le maire ma façon de penser quant à son ostracisme débile.

— Oui, mademoiselle ?

Amy revient vers mon bureau, le visage froncé par l'inquiétude.

Elle est la meilleure déléguée au monde. Elle mène son petit monde avec une maturité plus grande que la mienne. Je l'admire pour sa patience, sa cordialité et son sérieux étonnant pour une enfant de douze ans. Une future jeune fille exceptionnelle, aux qualités humaines exemplaires.

— Je voulais te remercier pour ton aide, Amy. Tu es une déléguée de classe efficace et attentive. Je te félicite pour l'ordre que tu as maintenu, cette semaine.

Elle rougit de mon compliment sincère, baisse les yeux, danse d'un pied sur l'autre comme la gamine qu'elle est.

— Merci, mademoiselle.

— La semaine prochaine, je voudrais que tu choisisses un adjoint pour t'aider. D'accord ? Tu réfléchis pendant le week-end à ma proposition ?

— Oui, mademoiselle.

— Bien. Autre chose. Pourrais-tu me dire où habite Alan ?

— Dans Main Street, la grande maison rose, m'indique-t-elle.

— Merci, Amy. Je vais lui apporter les devoirs de la semaine. Bon week-end et merci.

Elle rougit, me fait une petite révérence amusante, puis repart en sautillant vers la porte.

Je souris de sa gaieté enfantine. Mon regard fait le tour de la classe en ordre. Les dessins des petits sont collés sur les vitres, une maquette de château fort en pâte à modeler trône sur la table des moyens.

Ils ne sont pas si terribles que ça, finalement. Je m'étonne d'avoir pu les apprivoiser en une semaine. Certains me montrent du respect, d'autres sont circonspects sur mes méthodes d'enseignement hors normes. Je suis loin d'être au point sur les enseignements de base, mais mes expériences personnelles sont une source inépuisable de solutions aux cas les plus ardus. Finalement, j'ai emmagasiné un savoir hétéroclite dont j'use pour contourner les difficultés. Étonnant ce que je découvre de moi-même !

Je récupère ma sacoche de cours, jette un dernier coup d'œil à ma classe, emplie d'une fierté nouvelle. *Ma* classe. J'aime ces mots.

Daisy, l'hôtesse d'accueil à la mairie, ne lève pas le nez de sa revue pour me saluer. Je suis invisible pour elle, à moins qu'elle ne me fasse une remarque désagréable. Elle aligne son comportement sur celui du maire.

Je ne l'ai pas réellement vu de la semaine, le cher homme. Je ne l'ai qu'entraperçu lors des récréations ou des pauses déjeuner. Il n'a mené aucune incursion d'espionnage dans mon domaine, comme s'il redoutait mes remontrances. Je glousse à l'idée de ma victoire, tire la porte de la mairie, l'esprit joyeux. Il ne doit pas apprécier mes mails matinaux. Depuis une semaine, il reçoit invariablement les photos de ma voiture garée sagement sur les places libres sans aucun panneau d'interdiction de stationnement. Le soir, il reçoit la photo du panneau mobile posé sur le trottoir près de mon cabriolet. Il n'a pas encore réagi, mais je dépose mes contraventions dans la boîte aux lettres de la mairie depuis le début de la semaine. S'il n'est pas capable de museler son chien de garde, Tomas Harper devra faire face à une accusation de discrimination envers la nouvelle institutrice !

Mon rire se fige dans ma gorge. Ma voiture ?

Elle a disparu ! Je regarde la place vide près du trottoir. Un coup d'œil à droite et à gauche pour vérifier qu'elle ne se serait pas sauvée à cause d'un frein à main mal enclenché… Non, aucune fuyarde ne semble s'être égarée le long du trottoir. Je reste hébétée face à la place vide, certaine de l'avoir laissée à cet emplacement le matin même.

On me l'a volée ? Volée ou embarquée pour stationnement illicite ?

Le constat me heurte méchamment. Les salauds !

Je rage de cette sournoiserie. Si le maire ou le shérif croient que je vais céder à pareille entourloupe, ils se gourent ! Je vais les attaquer en justice, leur faire rendre gorge, mettre la ville en faillite s'il le faut. Pour qui se prennent-ils ? Il y a des lois ! Et ce sont eux, plus que tout autre, qui doivent les faire respecter. C'est une fois de trop. Je ne vais pas me laisser faire.

Ils vont savoir ce qu'il va leur coûter de s'attaquer à une Newel !

Je fonce vers la rue principale, traverse la place au pas de course, ma sacoche en bandoulière. Je remonte la rue comme une sprinteuse de haut niveau, l'esprit chargé d'une colère noire. Mes talons hauts claquent agressivement sur le trottoir, répercutant ma hargne à faire rendre la justice.

S'il croit qu'il va m'intimider, le bûcheron, il se fourre le doigt dans l'œil !

La maison rose est la plus grande maison de la rue, la plus coquette, la plus cossue. Une maison différente du chalet perdu au milieu des bois que j'ai imaginé. Encore une interprétation erronée de ma part.

Je sonne à la porte d'un doigt impatient, ma mission première reléguée au second plan par ma colère noire. Alan attendra que je vide mon sac de reproches et d'accusations sur son père.

La porte s'ouvre sur une jeune femme que j'imagine être sa femme. Elle est charmante. Minuscule mais charmante. Jolie blonde aux yeux gris de toute beauté. Bizarrement, elle ne ressemble pas à l'image que je m'étais faite de l'épouse du maire. Je l'imaginais brune, bien bâtie, impétueuse et sauvage. Celle-ci est trop douce, trop fragile, trop civilisée.

— Oui ? demande-t-elle pour me faire revenir à des considérations plus terre à terre.

— Bonjour, madame Harper. Je suis Beatrix Newel, la nouvelle institutrice. M. Harper est là ?

— Tomas ? Non, mais il ne devrait pas tarder. Voulez-vous entrer ? me propose-t-elle gentiment, un petit sourire charmant sur ses lèvres délicatement fardées de rose.

Sa voix mélodieuse, teintée de timidité, lui va comme

un gant, tout autant que ses ongles manucurés, sa tenue simple mais portée avec élégance. J'entre, embarrassée de m'immiscer chez eux. Cette jeune femme est un frein à ma rage.

C'est fugace, mais je me sens mal à l'aise de me trouver là. Je l'observe autant qu'elle m'examine de pied en cap. Ma robe grège en laine, mes escarpins taupe, mon étole crème sont loin d'être une tenue habituelle pour une institutrice, mais je ne vais pas gaspiller de l'argent pour acheter ce qui semble être la tenue locale des femmes de Harrington : jean, chemisier et chaussures sans élégance. Je n'ai nullement l'intention de me diluer dans la masse. Je reste l'exception, et fais tout pour que personne ne l'oublie en ville. Je suis la fille de Sean Newel. Personne n'a besoin de savoir que papa m'a coupé les vivres. Il pleurniche au téléphone pour que je revienne, mais ne m'accorde plus aucun crédit. Il finira par m'avoir à l'usure, si mon compte en banque devient neurasthénique à cause des contraventions du shérif.

— Je ne voudrais pas vous déranger, dis-je après mon examen poussé, mon malaise grandissant.

Je suis prête à faire demi-tour, à attendre le maire dans la rue pour lui dire ses quatre vérités.

— Vous ne me dérangez pas, ne craignez rien, répond la jeune femme avec un sourire, tout en me guidant vers le salon.

Grand, lumineux, moderne sans être tapageur, chaleureux et vivant. Le bûcheron a du goût. Ou est-ce sa femme ? Je penche pour la femme.

— Je voulais vous parler d'Alan.

Je me lance alors sur le premier sujet de ma venue. La voiture attendra. Je profite de l'absence du père pour persuader la mère que l'absence prolongée de son fils lui est préjudiciable. Lui faire admettre que le père est borné et stupide n'est pas à l'ordre du jour. Cette femme lui est subordonnée, je le pressens. Elle ne doit pas faire le poids, face à un homme comme lui. Mais si elle plaide ma cause auprès de son mari, peut-être pourrai-je obtenir gain de cause.

— Je suis désolée pour l'insolence dont il a fait preuve à votre égard. Il ne sait pas toujours où sont les limites à ne pas dépasser. Quant au sumac…

Elle soupire, les yeux fixés sur mon visage redevenu presque humain.

— Il se montre parfois si agressif !

La crème hydratante et le fond de teint masquent les dernières boursouflures, atténuées par des soins attentifs. Mes yeux ne larmoient plus, mon nez ne coule plus de l'allergie provoquée par le poison végétal. Une bonne dose d'antihistaminiques a calmé la crise aiguë de lundi soir. J'ai brusquement gonflé comme une baudruche, sans raison apparente, à part une recrudescence d'insupportables démangeaisons. Une bonne piqûre d'antihistaminiques, prodiguée par le médecin appelé en urgence, a résolu le problème. Je n'ai pas dormi de la nuit de peur de mourir étouffée sans m'en apercevoir. J'ai déambulé dans la maison et ai tenté de faire du ménage sans grande réussite. Même la lecture des étiquettes des flacons de produits d'entretien m'a terrifiée à cause de tous les désagréments encourus par les personnes de mon genre, incapables de reconnaître un produit à vitres d'un déboucheur de toilettes. Le matin m'a laissée épuisée, rouge comme un coquelicot, gonflée comme une baudruche, l'esprit embrumé par une migraine tenace. Heureusement, les enfants, encore sous le choc de mon discours de la veille, n'ont pas montré de velléités de me faire tourner en bourrique. Je n'y aurais pas résisté.

— Il ne fait que reproduire ce qu'il voit autour de lui, dis-je, aussi diplomate que possible.

La pauvre mère me jette un regard désemparé.

Ce ne doit pas être facile, supposé-je en voyant sa mine chagrine.

— Son père..., commence-t-elle avant de se taire : la porte s'ouvre dans notre dos.

L'homme se tient sur le seuil du salon, son fils à ses côtés, l'attitude hautaine. Il fronce les sourcils de me trouver là, mécontent que je m'immisce dans sa vie.

S'il croit que son regard flamboyant va me dissuader de lui dire ses quatre vérités, il se trompe lourdement sur mon compte !

Je suis gonflée à l'hélium depuis ma crise d'allergie. Une suractivité neuronale intempestive provoque des interférences avec ma passivité habituelle.

Je suis devenue une pile. Une pile nucléaire en passe d'exploser.

7

Le silence embarrassé perdure dans le salon, la tension soudaine entre nous, notre hargne mutuelle sont palpables.

— Mademoiselle Newel, me salue-t-il d'un ton rien moins qu'aimable.

Craint-il que sa femme ne m'ait fait des confidences fâcheuses ?

— Monsieur Harper.

Je le salue formellement, nullement impressionnée par ce qui ressemble à de la mauvaise humeur.

Je souris de mon sourire d'ange diabolique. L'innocence n'est plus de mise, ce soir. Je suis là pour revendiquer mes droits et le menacer, si ça s'avère nécessaire.

Il doit sentir ma combativité parce qu'il se renfrogne légèrement. Sa mâchoire se crispe dans un mouvement imperceptible ; je perçois son agacement.

— Tomas, Mlle Newel souhaite te parler, annonce alors Mme Harper pour désamorcer le conflit sous-jacent qu'elle doit sentir entre son mari et moi.

— À quel sujet ? demande-t-il, les yeux fixés sur mon visage toujours marqué par l'attaque du sumac.

Puis, après avoir lancé à son fils un regard impérieux, il le pousse vers moi.

Alan s'approche, embarrassé, presque timide. J'ai du mal à reconnaître le vaurien arrogant de la semaine précédente.

— Mademoiselle Newel, je m'excuse pour mon comportement de…

Il hésite, se tourne de trois quarts vers sa mère, qui arbore un air aussi sévère que son mari.

— … de vaurien, lâche-t-il dans un soupir découragé.

— Et… ? insiste sa mère, le ton aussi sec qu'un coup de trique.

— … Et d'avoir mis du sumac dans le bouquet de fleurs, souffle-t-il, plus rouge que moi en pleine crise d'étouffement.

— J'accepte tes excuses, mais à l'avenir évite d'offrir du sumac à une femme. Ce n'est pas un geste galant de la part d'un gentleman. Surtout si la demoiselle est allergique et fait une crise carabinée, au point d'en étouffer presque.

Les regards de Tomas et sa femme se tournent alors vers moi, les visages marqués d'une nouvelle contrariété. Je n'ai pas à leur faire de cadeau, après tout ! Alan n'est qu'un réceptacle immature. Les adultes sont responsables d'avoir provoqué cette attaque sournoise par leur attitude venimeuse à mon égard.

— Certaines personnes peuvent en mourir en moins

de quelques minutes, Alan. Il ne faut pas jouer avec la santé des autres, d'accord ?

— Oui, mademoiselle.

— Bien. Je t'ai apporté tes devoirs, ils sont dans mon sac. Va les chercher.

Je lui prouve la confiance que je lui accorde, en l'incitant à fouiller dans mon sac. Il rougit, baisse des yeux.

— Merci, mademoiselle.

— Ne me remercie pas. Tu vas voir, tu as de quoi t'occuper tout le week-end ! Je les veux sur mon bureau lundi et tu seras interrogé. Va travailler, maintenant. Amy s'est proposée pour t'aider si tu le souhaites, dis-je, alors qu'il file comme un lapin vers l'entrée, sans attendre l'autorisation de ses parents.

J'attends que son pas décroisse dans l'escalier pour attaquer.

— Pourquoi n'est-il pas venu à l'école, cette semaine ? La loi vous oblige à le scolariser. À moins qu'il n'ait été malade et que vous ne produisiez un certificat médical, je vais devoir établir un signalement aux pouvoirs publics, monsieur Harper.

— Ce ne sera pas nécessaire, mademoiselle Newel. Alan avait besoin de prendre conscience que l'école est un lieu de travail et d'obéissance, non un espace de liberté où tout lui est autorisé. Que vous jugiez inadapté de les punir, c'est votre droit, mais votre laxisme a provoqué une rébellion inacceptable. La destruction de la classe est autant de votre fait que de celui des enfants. Je n'ai aucune leçon à vous donner, mais je peux tout de même apprendre à Alan les limites à ne pas dépasser, réplique Tomas, la voix ombrée d'une colère rentrée.

— Ah oui ? Et comment ? En le privant d'école ?

Je m'insurge de ses accusations, dont la pointe de vérité chatouille mon orgueil. Je suis coupable de laxisme, je l'admets. Mais, désormais, enfants et parents prennent la mesure de ce que doit être une salle de classe : un lieu de savoir où chacun respecte l'autre. La leçon a été brutale, mais je suis persuadée qu'elle a été formatrice.

— En lui montrant ce que pourrait être sa vie, s'il gâche ses chances d'apprendre. Nos méthodes sont à l'opposé l'une de l'autre, mais je n'admets pas qu'un enfant agisse comme l'a fait Alan, même si, de votre côté, vous ne montrez aucune volonté à les contrôler.

— Il est parfois nécessaire qu'ils apprennent par eux-mêmes. Une leçon est mieux assimilée lorsqu'on doit faire face à ses actes que par des discours moralisateurs inutiles et vains. Les enfants montrent du respect les uns envers les autres, à présent ; ils s'acceptent malgré leur différence. Alan ne doit pas être privé de cette occasion d'apprendre.

Un sourire fauve étire les lèvres de Tomas ; ses yeux brillent d'une lueur que je n'ai pas de mal à analyser comme de la moquerie.

— Oh ! mais je ne compte pas l'en priver ! Seulement, il n'est pas question que la mairie parte en fumée pour des guéguerres de gamins. Ne croyez pas qu'il soit resté à la maison à se prélasser. Puisqu'il ne montrait aucun respect pour l'école, je lui ai fait tester la vie d'un ouvrier. Il a travaillé cette semaine à l'atelier de menuiserie, comme un apprenti. Une expérience qu'il n'aura aucune envie de renouveler avant des années, j'en suis certain. Il a pris conscience que la vie ne faisait de cadeau à personne. S'il veut s'en sortir, il va devoir apprendre à se battre. Pour de bonnes causes, non pour faire tourner en bourrique la nouvelle institutrice…

En dépit de ce discours, son attitude reste machiste et d'une arrogance détestable.

Sa femme nous écoute ; notre passe d'armes la met visiblement mal à l'aise.

— Vous auriez montré moins de scepticisme à mon égard, Alan se serait comporté plus respectueusement. Les enfants ne font qu'imiter les comportements des adultes. C'est votre faute, s'il a été aussi virulent ! Que vous me détestiez à cause de mon père, je l'admets, mais ça ne concerne en rien les enfants. Vous n'aviez qu'à me virer, au lieu de vouloir jouer au plus malin !

Je l'accuse abruptement, sans délicatesse, de nouveau très en colère.

— C'est en effet ce que j'aurais dû faire dès le premier jour !

— Exactement ! Mais vous êtes trop sournois pour m'affronter de face.

— « Sournois » ? Moi ?

— Oui, vous ! Et votre guéguerre stupide pour me pourrir la vie.

— Vous « pourrir la vie » ? Qui a laissé la salle de classe devenir une zone de non-droit ?

— Ce n'était pas une zone de non-droit, mais une zone d'apprentissage de la liberté d'expression.

— La prochaine fois, emmenez-les s'exprimer dans les bois ! Et munissez-vous d'un livre de botanique pour ne pas subir des désagréments stupides dus à votre ignorance !

— Je ne suis pas botaniste, ni zoologiste, mais institutrice. Et vous faites tout pour m'empêcher de travailler.

— Moi, je vous empêche de travailler ? s'énerve-t-il subitement, ses yeux bruns flamboyant de férocité. Qui vous a apporté de quoi vous soigner, pour que vous puissiez assurer la classe cette semaine ?

— Remède foireux qui a provoqué une crise d'allergie carabinée. Sans les antihistaminiques, j'y restais, dis-je en toute mauvaise foi, uniquement pour le culpabiliser.

— Faux ! Steve a certifié que c'est votre fond de teint, par son interaction avec le médicament, qui a provoqué votre crise. Ne m'accusez donc pas de votre propre stupidité ! Je vous avais pourtant avertie qu'il ne fallait pas vous badigeonner avec votre truc à 200 dollars, rétorque-t-il, avec un sourire sarcastique particulièrement énervant.

— Quatre cents ! Et le secret professionnel ?

— Quel « secret professionnel » ? Pas besoin d'être médecin pour constater que vous ressembliez à un crapaud verruqueux !

Son attaque sournoise me laisse la bouche ouverte. Le goujat !

— Euh…, tente d'intervenir sa pauvre femme, pour apaiser la vivacité de notre discussion.

Elle semble dépassée par notre virulence à nous accuser mutuellement de tous les maux de la terre.

Son regard intercepte celui de son mari et lui envoie le message qu'il est allé trop loin. Il lève alors les mains en signe d'apaisement.

— Désolé…

Sa remarque insultante est extrêmement blessante pour ma susceptibilité féminine.

— Le « crapaud verruqueux » vous demande instamment de lui rendre sa voiture, dis-je d'une voix glaciale.

— Votre voiture ?

— Oui, ma voiture, que vous avez honteusement kidnappée par une magouille d'escroc sans scrupules !

Il s'avance vers moi d'un pas, les yeux brûlant de hargne. Je ne vois pas pourquoi je prendrais des gants, après qu'il m'a traitée de crapaud verruqueux.

— Je ne vous permets pas de…

— Je me permettrai tout ce que je veux tant que vous ne m'aurez pas rendu ma voiture, vous ou votre sbire. C'est illégal d'embarquer une voiture parfaitement garée. J'ai des preuves de votre petit manège.

— Quelles preuves ?

— Les cinq mails que je vous ai envoyés le matin et le soir pour prouver votre malveillance. Je les ai conservés. Je vais les communiquer à l'avocat de mon père. Je doute que vous vous en sortiez à si bon compte. Si vous pensez que votre petit manège va me faire partir, vous vous gourez royalement !

— Quels mails ? réplique-t-il, irrité par ma menace.

— Ceux qui contenaient des photos de ma voiture

garée correctement, *sans* panneau de stationnement interdit le matin, et d'autres le soir, avec un panneau mystérieusement apparu. N'imaginez pas que je vais payer les contraventions ! Ni les frais ou les pénalités de retard ! Je vais au contraire réclamer des dommages et intérêts pour harcèlement moral.

Il me regarde étrangement, comme s'il me croyait folle. Je gronde, attrape mon téléphone dans la poche de ma robe, tapote sur l'écran pour afficher les photos de la veille.

— Ma voiture ! dis-je sèchement, en lui tendant l'appareil. Allez-y, regardez !

J'insiste pour qu'il visionne les clichés, et constate par lui-même que je ne suis ni folle ni dupe de sa prétendue innocence.

Il fait glisser les photos une à une sur l'écran, les examine comme un inspecteur de la section criminelle. Il fronce les sourcils à la vue du panneau fantôme, revient en arrière, repart en avant. Je souris de voir son visage se rembrunir.

Il ne peut plus nier, surtout devant sa femme, immobile, qui observe toujours notre combat devenu silencieux.

— Charmant ! s'exclame-t-il tout à coup, avec un sourire pétillant de je-ne-sais-quoi.

— Quoi ?

Il me redonne mon téléphone, la mine plus amusée que jamais. Je hoquette de honte, rougis, efface la photo prise au plus fort de ma crise de crapaud verruqueux, en tenue très, très, très légère. Au cas où je mourrais, pour prouver la malveillance des Harper à mon encontre.

Son sourire se fait plus large, ses yeux bruns pétillent, narquois. Sa manière de me regarder avec insistance est déplacée. Surtout avec sa femme à quelques pas. Goujat !

— Alors ? Ma voiture ? Où l'avez-vous cachée ?

Ma question ne l'empêche pas de continuer à me reluquer grossièrement.

— Je vais me renseigner, mais elle a dû être remorquée à la fourrière, si vos assertions sont exactes. Je vais faire la lumière sur cette histoire de panneau mobile, m'assure-t-il, un sourire amusé toujours à la bouche.

— Je peux la récupérer ?

— Pas avant demain. À cette heure, Denys est certainement parti à Templeton.

— Et je fais comment pour rentrer chez moi ?

— Vous y allez à pied ?

— Tomas ! proteste sa femme, la mine sévère, la main posée sur son bras pour l'inciter à ne pas se montrer plus grossier qu'il ne l'a déjà été.

— OK. Je vous ramène, soupire-t-il, comme si c'était sa pire galère de la journée.

— Je ne voudrais pas vous déranger. Y a-t-il un taxi, ici ?

Tous deux me dévisagent : manifestement, ma question est stupide, pas de taxi dans cette petite ville. Ce serait pourtant utile pour les personnes âgées.

— Nous ne sommes pas à Chicago, répond alors Tomas, une lueur d'amusement au fond des yeux.

Qu'est-ce qu'il peut être agaçant à me faire sentir que je suis ridicule !

— Et alors ? Il n'est pas nécessaire d'être une grande ville pour avoir un taxi. Les personnes âgées incapables de conduire apprécieraient certainement de pouvoir se promener ailleurs que sur la place principale.

— Il leur suffit de demander à l'un d'entre nous pour se balader, comme vous dites. Nos revenus sont loin d'équivaloir à votre budget personnel, mademoiselle Newel. Les personnes âgées n'ont pas des retraites de crésus, me fait-il remarquer d'un ton rude, pour me remettre à ma place. Maintenant, venez, si vous ne voulez pas rentrer à pied !

Je suis sur le point de répondre que je préfère encore rentrer à pied plutôt que de le supporter, mais je me retiens : mes escarpins sont contre une telle éventualité. Ils ne résisteraient pas aux trois kilomètres de marche forcée. Ni ma robe ni ma pauvre étole, faible rempart contre la pluie fine qui nous cueille à la sortie de la maison.

Il désigne son pick-up, garé sur le côté de la maison.

— Venez !

Il gagne la voiture sans m'attendre, monte, démarre, impatient de se débarrasser de moi. Je trottine, évite les flaques d'eau boueuse, râle contre les éclaboussures sur mes chaussures claires. Elles vont être foutues avec un pareil traitement !

Je soupire de dépit en ouvrant la lourde portière. Monter dans cette voiture équivaut à une escalade tant elle est haute sur roues. Ma robe n'est pas adaptée à ce type de véhicule rustique. Rustique, mais d'une propreté irréprochable. Je m'installe avec circonspection malgré tout, les yeux à l'affût d'une tache de graisse, de boue ou que sais-je encore. En tout cas, d'un danger pour ma robe.

Le regard peu amène de mon voisin de cabine et son sourire sarcastique me donnent à penser qu'il me raille intérieurement.

— J'aurais peut-être dû vous proposer une combinaison pour ne pas gâter votre tenue ? se moque-t-il, plus du tout intérieurement.

— Vous auriez agi en temps et en heure, je n'aurais pas été contrainte de monter dans votre camion, dis-je aigrement, pour lui faire sentir qu'il ne me vexera pas.

Il se renfrogne. Ma pique arrivée à bon port me fait sourire de plaisir. Je me rencogne dans mon coin pour éviter de subir une autre attaque d'amabilités de sa part. Un silence pesant règne entre nous. Notre animosité est notre seul point commun. J'aimerais lui dire que je ne suis pas une espionne à la solde de mon père ou du groupe Newel, mais il ne me croirait pas, j'en suis persuadée. Il a la rancune tenace.

Le trajet est avalé en moins de cinq minutes ; son empressement à se débarrasser de moi est flagrant ! La voiture se gare à quelques mètres de la maison, sans que nous nous soyons adressé un mot.

— Je m'occupe de vous faire restituer votre voiture, m'annonce-t-il, alors que je pousse la portière.

— Merci.

Il me fait un simple signe de tête, ne me souhaite même pas le bonsoir ou un bon week-end. La portière claque sur mon départ, le moteur rugit d'impatience.

Je soupire, inexplicablement découragée, les yeux accrochés aux feux arrière qui s'éloignent dans la nuit.

Désormais, je sais ce que c'est de ressentir de la culpabilité pour une faute commise par sa propre famille, et ce sentiment étrange de vouloir réparer, bien qu'on ne soit coupable de rien.

Nous nous sommes heurtés violemment, tout à l'heure. C'est la première fois de ma vie que j'entre en conflit frontal avec une personne. Pourtant, bizarrement, je n'en ressens aucun remords, mais une émulation libératrice. Tomas Harper est le pire des hommes que je connaisse, mais il ne me prend pas avec des pincettes, me bouscule avec ses jugements à l'emporte-pièce.

— Crapaud verruqueux ! dis-je en poussant la porte de la maison. Quel culot !

Je suis outrée qu'il m'ait traitée aussi cavalièrement, mais je ne peux lui en vouloir.

J'ai provoqué une petite révolution dans son monde paisible.

Je glousse, de bonne humeur, soudain.

En quinze jours, j'ai provoqué un désastre dans ce qui était une salle de classe, j'ai apprivoisé vingt-quatre monstres hurlants et chahuteurs, j'ai insulté les habitants d'une ville entière en les accusant d'être incapables d'éduquer leurs enfants, j'ai instauré ma propre vision de l'éducation sans que personne vienne critiquer mes méthodes de travail innovantes. Un beau palmarès, auquel je dois ajouter à présent des menaces envers une famille — les dénoncer aux services sociaux et pour escroquerie au panneau mobile. Dans la foulée, je me suis fait traiter de femme immature, incompétente et de crapaud verruqueux. Sans compter mes déboires ménagers de toutes sortes.

Je n'ai jamais vécu autant de péripéties depuis ma naissance !

Et bizarrement, ça me réjouit prodigieusement.

C'est ça, la liberté de vivre ? J'adore !

8

— Merci, Alan.

Il me tend son devoir, un léger sourire aux lèvres.

Celui-là n'est pas totalement apprivoisé, mais une certaine détente perdure dans nos relations distantes. C'est le dernier irréductible parmi les enfants. Les autres m'ont enfin adoptée et nous travaillons en bonne entente. Mon système de minidémocratie fait merveille. L'autogestion des enfants donne des résultats satisfaisants. Certains se découvrent des talents insoupçonnés dont nous profitons tous.

L'atelier cuisine du mardi, mené d'une main de maître par Éloïse, notre petit chef, m'a permis d'utiliser des ressources d'apprentissage pour les mathématiques avec les plus petits.

J'en profite également pour découvrir des trucs et astuces pour mon usage personnel.

Faire brûler une grande partie de mes repas reste le point crucial de mon nouveau statut de ménagère. Le week-end dernier, mon premier gâteau à l'orange a été envoyé en photo à mes parents, mes frère et sœur et Nelly. Une pareille œuvre devait passer à la postérité. Les messages d'incrédulité reçus en retour m'ont chagrinée et vexée. L'opinion qu'ont de moi mes proches est catastrophique. Je crois que les habitants de Harrington ont un peu plus de considération pour mon travail.

Enfin, je veux m'en persuader.

Quelques irréductibles me font encore sentir que ma place n'est pas ici.

Daisy, la secrétaire de mairie, me montre une antipathie prononcée et impolie. Sans doute par mimétisme avec son dieu qu'est le maire. La manière dont elle le regarde, avec des yeux de hareng saur, m'amuse toujours.

Le shérif Lewis n'est guère plus aimable. Planté sur le trottoir tous les matins, à mon arrivée, il vérifie que je sois garée au millimètre près, jette un coup d'œil circonspect à ma voiture pour contrôler qu'aucun feu ou autre indicateur de sécurité n'est défaillant.

Cette bataille-là, je l'ai gagnée haut la main. Tomas Harper m'a restitué ma voiture le lendemain de notre altercation chez lui. Sans un mot d'excuse ou de regret pour les désagréments créés par le panneau mobile. J'ai été vexée qu'il ne fasse pas amende honorable.

Après une recherche Internet d'une demi-heure, un coup de fil à James, l'ami et avocat de papa, j'ai pris mon courage à deux mains et, ma hargne en bandoulière, me suis présentée au poste de police.

La mine déconcertée du shérif Lewis valait son pesant de cacahuètes.

— Je viens porter plainte, ai-je dit, royalement hautaine, mon statut de riche héritière en étendard.

— À quel propos ?

— Harcèlement policier.

Le pauvre homme s'en est étouffé avec la gorgée de café qu'il venait d'ingurgiter. L'adjoint m'a regardée comme si j'étais folle ou représentais un danger pour la sécurité de l'État. Sa main sur la crosse de son revolver ne m'a pas arrêtée pour autant.

— Quoi ?

— J'ai des preuves sur les pratiques illégales de la police de cette ville. Je désire porter plainte, pour que justice me soit rendue. Selon l'article 65, alinéa 2 du code de la route, je suis en droit de réclamer des dommages et intérêts pour harcèlement policier. Je souhaite qu'on me rende l'ensemble des sommes que j'ai versées, ainsi que les frais et pénalités de retard, plus une indemnité de 15 % comme le prévoit la loi.

Lewis en a verdi ; il ne devait pas imaginer que je connaisse point par point tous ces éléments. S'ils croyaient pouvoir garder mes 2 000 dollars pour renflouer leurs caisses vides, ils se faisaient des illusions !

— Je vous fais grâce de l'amende pour le feu rouge, bien qu'il semble lui aussi trafiqué. Je laisserai à un autre pigeon le soin de vous attaquer pour mauvais entretien des feux signalétiques pouvant entraîner un danger pour l'usager, article 78, alinéa 7. À titre d'information, la peine encourue peut aller jusqu'à deux mois de prison.

Face à moi, les deux hommes ont tout à coup pris

conscience que la petite institutrice au papa célèbre et influent avait le bras assez long pour les faire sauter sur les mines qu'ils avaient eux-mêmes placées sous mes roues.

— Si mes calculs sont exacts, vous me devez la somme de 2 373,89 dollars. Les frais par jour de retard, que je suis en droit d'exiger, se montent à 5 % de la somme. Soit nous traitons à l'amiable, soit je porte l'affaire devant un tribunal. L'avocat de mon père adore la campagne. Il est prêt à venir passer quelques jours ici pour constater par lui-même les incuries de la police. Il est d'un tatillon que ça en devient parfois gênant !

— C'est du chantage ? a grommelé le shérif, furibond d'être cloué au pilori.

— Où voyez-vous du chantage dans mon souhait de voir la loi respectée ? Je veux bien me montrer conciliante jusqu'à demain matin, mais passé ce délai, vous discuterez avec mon avocat. Ce n'est pas parce que vous portez un insigne que vous avez tous les droits, shérif Lewis ! Je tente d'inculquer aux enfants la justice et l'honnêteté. Comment voulez-vous que cet enseignement porte ses fruits, si le représentant de la loi harcèle une innocente citoyenne sous un prétexte fallacieux ? J'ai transmis les photos incriminantes à monsieur le maire. Voyez avec lui si ça vous chante, mais ne croyez pas que je sois une poule mouillée. Le jeu ne fait plus recette et vous risquez fort d'en payer les frais. Sur ce, je vous souhaite un très bon week-end !

J'ai fait demi-tour, suis sortie du bureau avec un sentiment de puissance réjouissant. Dans la foulée, je me suis offert un petit week-end à une centaine de kilomètres de la ville, dans une petite auberge charmante. Disparaître de Harrington pendant deux jours m'a permis de faire le point sur les deux premières semaines de ma nouvelle vie. Je me découvrais apte à faire face à des situations inhabituelles, perturbantes et excitantes.

Malgré l'appel prolongé de mes parents, affolés par mes demandes à James, l'avocat, je n'ai pas cédé à leurs suppliques ou menaces pour me faire revenir. Je crois qu'ils commencent à comprendre que l'oisillon bat des ailes et souhaite conquérir sa liberté. Liberté émaillée de péripéties de toutes sortes, mais dont le souffle me pousse à poursuivre ma route vaillamment.

À mon retour d'escapade, un chèque de 2 373,89 dollars m'attendait dans la boîte aux lettres. Je me suis alors lancée dans une danse de la victoire échevelée. La maison silencieuse a retenti de mes cris de joie ! Ma deuxième bataille, je la gagnais haut la main, de main de maître.

C'est que ça regonfle, une pareille victoire sur les forces de l'ordre !

Le maire ne s'est pas manifesté, ni excusé des manœuvres frauduleuses de son shérif. Depuis quinze jours, je n'ai fait que l'entrapercevoir une dizaine de fois, sans qu'il daigne m'adresser la parole. Je garde moi aussi mes distances. Le « crapaud verruqueux » me reste en travers de la gorge. C'est à lui de s'excuser de sa grossièreté, pas à moi.

— Alan !

Je rappelle le garçon prêt à partir. Il se retourne, et me lance un regard dubitatif. C'est amusant comme il ressemble à son père, même dans les expressions.

— Oui, mademoiselle ?

Je le sens qui se crispe dans l'attente d'une réprimande dont je n'ai jamais abusé avec lui jusqu'à présent.

— Tu as travaillé dans une menuiserie, n'est-ce pas ?

— Oui, mademoiselle.

— Pourrais-tu m'indiquer où elle se trouve ?

— La menuiserie d'oncle Timmy ?

— Euh, oui. La menuiserie d'oncle Timmy.

— À la sortie ouest de la ville, vers Templeton. Deuxième à droite après la boîte aux lettres rouge. C'est facile, me répond-il, comme s'il doutait de ma capacité à trouver une menuiserie.

Je tique. Ils savent tous que je suis une infirme de la direction. Je me suis perdue en voulant les emmener ramasser des champignons dans les bois. Sans le sens de l'orientation de certains ou leur connaissance parfaite de leur milieu, nous aurions passé la nuit dehors. Et de tous, j'aurais été la plus impressionnée !

— Merci, Alan. À lundi. Tu aimerais te présenter comme adjoint au délégué ?

— Moi ?

— Oui, toi. Tu as fait un excellent travail, cette semaine. Je voudrais que tu me prouves que tu peux faire mieux encore. Réfléchis à ma proposition, dis-je avant de le congédier d'un geste de la main.

Il me regarde, le front plissé, cherchant à déceler le piège que je lui tends. Ce garçon est d'un scepticisme effroyable ! Il doute de tout et de lui plus que des autres. Sous ses airs de vaurien sûr de lui, c'est un caramel mou. J'aimerais qu'il prenne de l'assurance, qu'il se forge une opinion positive de lui-même. Il ne semble pas connaître d'autres moyens de se faire valoir que par la violence. C'est sous-jacent, mais les propos de sa mère me sont revenus en mémoire : « Il se montre parfois si agressif ! » La voix désemparée qu'elle a employée me laisse à penser que la situation familiale ne doit pas être aisée.

Le père se montrerait-il violent ? La question me titille depuis quelques jours.

Les enfants ne reproduisent-ils pas les comportements de leurs parents ?

Je devrais peut-être avoir une conversation avec Mme Harper pour démêler la situation. Le père risque de ne pas apprécier mon intervention, mais il en va de la santé de son enfant, après tout. J'espère qu'il aura suffisamment de compassion pour accepter de faire un effort. J'en doute, cependant. C'est un bûcheron.

— Tu rêves ? m'interrompt dans ma réflexion Nancy, perplexe.

— Bonsoir, Nancy. Non, je réfléchis.

Je souris à celle qui est devenue ce qui se rapproche le plus d'une amie. Elle débarque parfois le soir après la classe et nous discutons des uns, des autres, de mon travail, s'inquiète de savoir si je me plais ici. Je sais ce qu'elle cherche à faire. Ma réflexion du week-end m'a mise sur la voie. Elle veut m'utiliser comme paravent ou barricade si papa décide d'une offensive sur la chocolaterie locale. Il en serait capable, même si je me suis gardée d'aborder le sujet lors de notre dernière conversation. Tant qu'il ne se doute pas qu'il y a, ici, une chocolaterie en difficulté prête à être dévorée par le géant Newel, je n'irai pas le mettre sur la voie. C'est d'ailleurs un sujet tabou en ma présence. Tout le monde est muet sur la chocolaterie, comme si c'était un secret que tous devaient préserver face à la méchante dévoreuse de chocolats que je suis. Chocolats sublimes dont je me suis gavée, après avoir acheté une boîte joliment décorée à l'auberge où j'ai passé mon week-end. Leur petite boutique de produits locaux recelait des trésors que je me suis fait un devoir d'acheter pour les tester. Les chocolats de Nancy sont sans conteste les chocolats les plus merveilleux que j'aie mangés de toute ma vie. Ils m'ont rappelé ma grand-mère et ses succulents biscuits aux parfums délicats étonnants. Les Newel Biscuits n'ont hélas plus rien à voir avec les créations que ma grand-mère commercialisait dans son garage. Papa a tout industrialisé, et perdu l'essence même de ce qui faisait la réputation des biscuits de grand-mère : l'authenticité. Cette authenticité est le caractère premier des chocolats de Nancy. Un délice à l'état pur ! Et il n'est pas question que papa vienne y mettre son nez. Je reste plus muette qu'une tombe sur la chocolaterie locale.

— Vaste programme ! Et quel est l'objet de ta réflexion, pour que tu sois si grave ?

Elle se perche sur la table en face de mon bureau.

— Alan et son père.

La surprise transparaît sur son visage.

— Alan ? Pourquoi ? Il a encore fait des bêtises ?

— Non. Il se tient à carreau, mais je sens qu'il ne faudrait pas grand-chose pour qu'il explose à nouveau. Il est plein d'agressivité envers les autres, sans que je comprenne pourquoi. C'est un garçon très intelligent, fin psychologue et surtout manipulateur de première. Il faudrait pouvoir transformer cette énergie négative en énergie positive. Il pourrait devenir un leader, s'il mettait son agressivité au service d'une cause juste.

— Ouah ! Je ne te savais pas psychologue ! plaisante-t-elle, une petite lueur d'étonnement dans les yeux.

— Ce n'est pas de la psychologie, c'est de l'observation. J'ai passé ma vie à observer les autres, alors…

— Et en quoi le père d'Alan a à voir avec l'agressivité de son fils ?

— Il ne doit pas être facile à vivre. La mère d'Alan m'a implicitement fait comprendre qu'elle était désemparée face à l'agressivité de son fils. Je ne crois pas que le père soit un facteur d'apaisement.

Nancy fronce les sourcils, et me fixe bizarrement.

— Qu'est-ce que t'a dit Helen ?

— « Helen » ?

— La mère d'Alan.

— Euh… Pas grand-chose. Simplement qu'elle regrettait que son fils soit agressif. Elle a voulu me parler de son mari, mais il est arrivé sur ces entrefaites. Je crois qu'il faut que je lui parle pour tenter de savoir ce qui se passe. Tomas n'est pas un homme facile à vivre ou à prendre avec des pincettes.

— Tomas ? Que vient-il faire dans cette histoire ?

Je la regarde, éberluée.

— Il a tout à y voir ! S'il se montrait plus coulant, je suis certaine qu'Alan serait plus zen. Helen semble dépassée par les événements. Il faut réagir avant qu'il ne soit trop tard. Elle doit pouvoir persuader son mari d'être plus cool, non ? Même si je doute que cet homme puisse être cool ! Je ne sais pas si c'est sa fonction de maire qui lui monte à la tête ou s'il croit qu'une famille se dirige comme une armée, mais il est borné.

— Tomas ?

— Oui, M. Harper !

Je m'énerve qu'elle joue à l'imbécile. Ce n'est pas parce qu'elle est très amie avec lui qu'elle doit avoir pour autant des œillères sur le comportement dictatorial de cet homme. Il est un élément perturbateur pour son fils et sans doute pour sa femme.

— Tu crois que Helen et Tomas sont mariés ?

— Oui. Enfin, non. Je sais très bien qu'ils ne sont pas mariés. D'ailleurs, je me demande si ça n'est pas une source d'instabilité pour Alan. Que ses parents ne veuillent pas se lier par le mariage, c'est perturbant pour un enfant. Au lieu de se sentir à l'abri dans une famille unie, il doit craindre une perpétuelle rupture. Surtout si…

— « Si » quoi ? glousse-t-elle, particulièrement joyeuse, tout à coup.

— Si Tomas est aussi autoritaire et rigide, ça ne doit pas être simple pour Helen. Ils se disputent peut-être…

L'éclat de rire de Nancy me vexe profondément.

Qu'est-ce que j'ai dit d'hilarant ? Pour moi, la situation est grave et non pas source de plaisanterie.

— Tu crois que Tomas et Helen sont ensemble ? hoquette-t-elle comme une dinde asthmatique.

— Évidemment ! Ne me dis pas qu'ils sont séparés et que... Oh ! Je comprends tout !

Je me frappe le front en réalisant que la situation est pire que je ne l'avais imaginé. Ils sont séparés ! Voilà pourquoi le fils est déstabilisé ! Il doit être perdu, le pauvre.

Le rire de Nancy me chagrine vraiment. Je suis choquée qu'elle montre si peu de compassion envers un enfant en souffrance. Elle grogne comme un cochon, essuie des larmes à ses paupières. Elle me déçoit grandement ! Je la croyais sensible aux autres. Mon air courroucé la calme à peine. Je soupire de découragement.

— Tomas et Helen ?

Elle renifle pour reprendre un peu son sérieux.

— Tu te trompes. Tomas et Helen ne sont pas ensemble et Alan n'est pas le fils de Tomas.

— Quoi ? Tu veux dire qu'Alan est le... beau-fils de Tomas ?

Tout devient d'une clarté évidente pour moi. Un conflit beau-père et beau-fils. Classique. Le rire de Nancy reprend et s'associe à des larmes d'hilarité. Je ne vois pas où elle trouve de quoi se réjouir aussi effrontément.

— Non. Tomas est l'oncle.

— L'oncle ?

— Oui. Tomas est le frère cadet de Stewart, le mari

de Helen et le père d'Alan. Stew travaille sur une plate-forme pétrolière pendant six mois de l'année. Tomas prend soin de sa belle-sœur et de son neveu, lorsque son frère n'est pas là.

Je tique.

N'y aurait-il pas anguille sous roche ?

Je trouve indécent qu'il vive sous le même toit que sa belle-sœur. Peut-être que…

— Et Stewart ne trouve pas… gênant que le frère et la belle-sœur vivent sous le même toit ? C'est peut-être ça qui perturbe Alan ?

L'éclat de rire de Nancy m'avertit d'une nouvelle méprise de ma part. Je me renfrogne de n'avoir pas compris la situation en un mois de présence à Harrington.

Pourquoi personne ne m'a rien dit ?

Parce que personne ne me parle ! Ou uniquement pour évoquer le temps, la météo, la politique nationale ou les catastrophes dans le monde. Pour le reste, c'est le silence radio de la part des habitants.

— Tomas n'habite pas avec eux. Il a sa propre maison un peu en dehors de la ville. Tu ne le savais pas ?

— Personne ne me parle ! Comment veux-tu que je le sache ? Je ne vais pas faire passer un interrogatoire aux gamins pour connaître les tenants et les aboutissants de la vie de Harrington !

— Tout de même ! Tomas et Helen ?

Elle rit de plus belle ; ses yeux bleus pétillent de malice, son visage rayonne d'une joyeuse hilarité. Je la regarde avec plus d'attention. Une idée me frappe soudain. Idée pas si absurde que ça. Tomas et elle ?

Je les ai souvent vus déjeuner ensemble ou discuter dans la rue, comme de vieux amis. Sont-ils plus que ça ?

Je n'ose pas lui poser la question pour ne pas paraître indiscrète ou me montrer intéressée par la vie du maire et de ses concitoyens.

Je dois m'occuper d'Alan. Uniquement de lui. Les adultes ne sont pas de mon ressort.

Le maire encore moins que les autres.

9

— À la sortie ouest de la ville, vers Templeton. Deuxième à droite après la boîte aux lettres rouge. Où est la boîte aux lettres rouge ?

Je marmonne, le nez collé au pare-brise. Les essuie-glaces tentent de chasser l'averse diluvienne. Il fait une chaleur du diable depuis deux jours. Chaleur que cet orage bienfaisant va peut-être atténuer. Halloween approche à grands pas. Pourtant, les températures sont estivales depuis mon arrivée. Dire qu'à Chicago les cheminées s'allument, les gros pulls de laine et les manteaux d'hiver ressortent des dressings, et les soldes d'automne se terminent !

J'aurais dû rentrer faire une virée soldes avec Nelly, au lieu de m'accorder un deuxième week-end de farniente dans la petite auberge au bord du lac. Un vol direct et j'étais à Chicago en moins de deux heures.

Pourquoi pas le week-end qui vient ? Le chèque de 2000 dollars pourrait trouver une utilisation immédiate dans une ou deux petites choses élégantes.

— Zut !

Je freine brutalement en apercevant la boîte aux lettres rouge que je viens de dépasser. La voiture tangue à droite et à gauche, puis finit par se stabiliser contre la barrière, de l'autre côté de la route.

— Zut, zut, zut !

Je frappe le volant, énervée par ce nouvel incident. Le shérif ne va pas me louper si un phare est cassé, rayé ou étoilé d'un impact. Je respire profondément pour me calmer, fais prudemment marche arrière. J'irai constater les dégâts lorsque la pluie se calmera. Mon ensemble pantalon lin et soie n'appréciera pas une douche forcée.

— Deuxième à droite, dis-je, pour ne pas me perdre dans les bois environnants.

Un cadre parfait pour une menuiserie. Je redémarre prudemment, à la recherche de nouvelles intersections.

— Deuxième à droite après la boîte aux lettres rouge ? Boîte aux lettres comprise ou non ?

Pourquoi n'ai-je pas demandé à Nancy un plan ou une explication plus précise pour trouver cette foutue menuiserie ?

Je dépasse une route, à l'affût d'un indice m'indiquant la présence d'une menuiserie. Le chemin suivant me laisse perplexe, tant il ne ressemble en rien à une route. Une bonne minute de réflexion me pousse à tenter ma chance sur la chaussée devenue un parcours boueux chaotique. Ma voiture gémit du mauvais traitement que je lui fais subir ; des gerbes de boue éclaboussent copieusement la carrosserie grise, le pare-brise et les vitres. Un désastre ! Une centaine de mètres suffisent pour qu'elle ressemble à l'un de ces tas de boue dont les rues de la ville sont encombrées. Je comprends mieux le peu de soin que les habitants ont pour leurs voitures. Les routes alentour sont des pièges mortels pour une citadine.

Un bâtiment de bois se dresse dans la large clairière qui s'ouvre au bout du chemin. Sous l'orage, c'est d'un lugubre digne d'un film d'horreur. Je frissonne, envisageant de faire demi-tour et de disparaître aussi vite que possible. J'aurais dû me renseigner auprès de Nancy au lieu de me lancer dans cette nouvelle aventure. Je colle la voiture à ce qui ressemble à la porte du hangar, que j'observe un long moment. Un bruit sourd parvient jusqu'à moi malgré le tambourinement de la pluie sur la carrosserie.

Un simple hangar de bois, constaté-je, les yeux à l'affût d'un signe de vie ou d'une indication quelconque.

La pluie redouble de violence, le mugissement du vent ronfle d'un souffle puissant. Un éclair zèbre l'obscurité ambiante. Le claquement sec du tonnerre me fait sursauter par sa violence et sa proximité. Je frissonne de me sentir vulnérable. L'impression qu'une simple rafale de vent pourrait soulever la voiture et me projeter dans les airs me terrifie. Des images de films catastrophe me heurtent, me poussent à ne pas rester dans un espace insécurisé. Je n'ai même pas pris de manteau, ce matin, tant le soleil radieux m'a fait croire à une journée sans nuages. Pour l'instant, les nuages déversent des trombes d'eau, se heurtent dans des grondements sinistres, étincellent d'éclairs d'une netteté comme je n'en ai encore jamais vu. C'est beau, terrifiant et dangereux.

Je me décide et me précipite dehors. Je tiens ma sacoche sur ma tête, faible rempart contre les trombes d'eau qui s'abattent sur moi en moins de deux secondes. La porte me résiste un court instant, puis s'ouvre enfin pour me permettre de m'abriter.

Mes chaussures sont couvertes d'une boue collante, le bas de mon pantalon est empesé de la même boue brune et ma tenue est trempée de la pluie battante. Le tissu fin colle à ma peau comme une gangue humide et froide. Je suis dégoulinante des pieds à la tête, mon brushing ruiné par le seau d'eau que je viens de prendre sur la tête. Je ne préfère pas imaginer l'aspect que je peux avoir.

J'hésite, prête à faire demi-tour tant ma dégaine est désastreuse.

— Qu'est-ce que vous faites là ?

L'interpellation me fait sursauter. Mon cri de surprise s'étrangle dans un couinement de peur. J'écarquille les yeux, figée de le voir là, torse nu, son jean couvert de copeaux de bois bas sur les hanches.

Qu'est-ce que *lui* fait là ? Et dans une tenue pareille…

Oncle Timmy, bien sûr ! Ce que je suis bête ! Comment l'information ne s'est-elle pas imprimée dans mon cerveau après les confidences de Nancy ?

— Euh… je…

Je me sens rougir, perturbée par ce torse nu au dessin précis, tout en force, les muscles visibles sous la peau hâlée. Je détourne les yeux, honteuse de m'être laissée aller à une admiration béate. Le regard brun ne se prive pas de me détailler des pieds à la tête. Nous sommes aussi déplacés l'un que l'autre.

Moi, plus que lui, constaté-je d'un coup d'œil sur ma tenue collante.

— Qu'est-ce qui me vaut l'honneur de votre visite, mademoiselle Newel ? ironise-t-il.

Aucun doute, je lui accorde la palme d'or du bûcheron viril en diable, au charme sauvage et brut et d'une goujaterie sans commune mesure !

— Alan ? me demande-t-il, soudain inquiet de mon silence.

Silence dû à mon trouble face à cet homme sublime. Je n'en connais aucun d'aussi… viril. Une masculinité pareille ne se trouve pas à tous les coins de rue, à Chicago. Ni à Harrington. Bien que j'aie repéré deux autres spécimens attirants. Sam, le garagiste, et Ben, le postier. Des hommes libres de toute attache. Je ne comprends d'ailleurs pas comment les quelques femmes célibataires de la ville n'ont pas mis le grappin sur ces trois spécimens alléchants.

— Euh oui… enfin non… non.

Son sourcil se hausse au-dessus de ses yeux plissés par l'attention qu'il met à tenter de déchiffrer mon charabia. Je rougis de plus belle, perturbée par sa proximité.

— Je voulais… non, rien…

Je fais demi-tour, incapable de supporter plus longtemps son regard inquisiteur et moqueur. Je préfère fuir plutôt que de discuter de mon projet. Un mail. C'est ça. Un mail sera suffisant pour lui exposer mon idée.

— Vous n'allez pas repartir comme ça ? Le chemin risque d'être impraticable pour une voiture comme la vôtre.

Un sourire en coin horripilant étire sa bouche, et dévoile deux dents blanches comme des crocs de loup.

— Et puis, j'aimerais connaître la raison de votre venue jusqu'ici. À moins que vous ne vous soyez égarée en retournant chez vous ?

Mon regard meurtrier n'efface pas son air frondeur de mauvais garçon. Il se fait soudain presque aimable.

— Venez, je vous offre un café. Vous êtes trempée.

Son regard se fait insistant sur ma poitrine, son sourire plus insolent que jamais, et je frissonne. Il se détourne enfin sans plus de manières, et s'éloigne dans les entrailles du bâtiment encombré de machines, de piles de planches, de troncs d'arbres d'une dimension énorme. Mes yeux s'accrochent à son dos musclé, ma poitrine soupire de l'émoi qu'il provoque avec sa démarche souple, chaloupée juste ce qu'il faut pour que ce soit totalement sexy.

Mais je ne dois pas me laisser détourner de mon but par cet homme attirant ! Surtout depuis qu'il est devenu célibataire, sans enfants, sans attaches. Sans attaches ? Je me gourmande sévèrement. Nancy montre trop d'intérêt à son égard pour qu'il n'y ait pas une petite romance sous le boisseau.

Qu'est-ce que c'est que cette idée idiote de frémir pour un tel homme ?

Il est tout ce que je déteste, et je suis tout ce qu'il déteste.

Le constat me rassure, calme mon trouble, écarte les idées stupides. Je glousse en imaginant le délire que je vais me faire avec Nelly, ce week-end, à propos de cet homme. Une photo serait d'ailleurs bienvenue pour la faire saliver. Elle serait bien capable de venir passer quelques jours ici pour voir de ses propres yeux un spécimen aussi réjouissant. Et elle n'est pas aussi prude et prudente que moi. Elle serait capable de le séduire pour quelques réjouissances partagées, le temps d'une liaison express.

Ma tête vient de se stabiliser sur mes épaules qui se décident à suivre le dos musclé. Les hanches aussi sont plus que pas mal.

— Bea !

Je grogne pour me remettre sur le droit chemin, chemin qui louvoie entre les machines, les piles de bois. Un escalier nous propulse à l'étage, sur l'arrière du bâtiment. Je reste figée à l'entrée de ce qui ressemble à un loft immense, lumineux, un peu brut, comme l'homme qui disparaît dans les tréfonds de sa *maison*. Je ne l'imaginais pas du tout habitant au-dessus de la menuiserie. La vue sur la vallée et les bois est époustouflante. L'avancée vitrée ressemble à l'étrave d'un bateau ou d'un vaisseau spatial suspendu dans les airs.

— Tenez !

Il me tend une serviette de bain et un sweat grand comme une robe, me sortant de ma contemplation béate.

— Café ? Thé ? Ou un autre remontant ? me propose-t-il, en enfilant un T-shirt avec un naturel déconcertant.

A-t-il l'habitude des regards admiratifs des femmes sur le dessin parfait de ses pectoraux ?

Je me secoue, enroule mes cheveux trempés dans la serviette de bain, enfile le sweat chaud. Au moins, il couvre une partie de ma tenue. Je dois avoir l'air d'un chien qui s'est roulé dans une flaque de boue.

— Je ne veux pas vous déranger.

— Vous ne dérangez pas. Avec l'orage, je suis contraint de stopper les machines, affirme-t-il en se dirigeant vers une cuisine ouverte sur ce qui ressemble à une salle à manger.

— Café dans ce cas, dis-je d'une voix un peu plus assurée.

La grande table de bois brut, les chaises, le grand buffet aux lignes épurées lui ressemblent. Le bûcheron est finalement menuisier. Je me pose des questions, les propos de Nancy à mon arrivée dans un coin de ma tête.

Comment, de directeur d'une chocolaterie familiale, est-il devenu menuisier ? Et maire ?

Je vais devoir interroger Nancy. Non. Je ne suis pas certaine qu'elle apprécierait mes questions sur lui. Et puis, je ne voudrais pas paraître intéressée par l'homme occupé à préparer un café.

— Alors ? Quelle raison vous a poussée à braver l'orage et la boue pour venir jusqu'ici ? me lance-t-il d'un ton froid.

Il y met cependant moins d'agressivité que d'habitude.

Se sent-il coupable des ennuis que m'a occasionnés le shérif depuis mon arrivée ?

Cette affaire-là est désormais close, je ne la remettrai pas sur le tapis. Mais j'aurais accueilli avec plaisir et magnanimité des excuses de sa part !

— Je voudrais commander un travail de menuiserie, dis-je, laissant l'autre question pour plus tard.

Alan n'est peut-être pas de son ressort. Helen est plus à même de m'écouter que lui. Après tout, il n'est que l'oncle. Omniprésent et attentif, mais sans grande importance.

Il se tourne légèrement vers moi, m'observe quelques secondes en silence. Ses traits séduisants affichent sa perplexité.

Je retiens un soupir : il est vraiment craquant ! Mais pas de dérapage… Je repousse tout, d'un coup de volonté, répète « crapaud verruqueux » dans ma tête pour éloigner ce trouble émotionnel inadéquat. Je ne dois pas oublier que nous sommes *ennemis*.

— Un travail de menuiserie ? De quel type ? Boîtes à chaussures ?

Je grimace en réponse à sa remarque désobligeante. Sa rancune à mon égard est tenace !

— Vous saurez faire ? Des boîtes empilables par tailles, où elles ne seront pas trop à l'étroit et bien aérées ?

Je lui renvoie sa moquerie d'un ton aigre, avec un sourire d'ange démoniaque. Il sourit à son tour imperceptiblement, les yeux animés d'une lueur amusée. Il pose devant moi une tasse avec délicatesse et me scrute un court instant. Je n'aime pas du tout le regard insistant qu'il me lance.

— Sucre ? Lait ?

— Noir.

Il hoche la tête, s'installe en face de moi à la table où je me suis déjà assise. C'est la première fois de ma vie que je prends un café dans une cuisine. L'arôme monte à mes narines frémissantes. Ça fait plus d'un mois que je n'ai pas bu un café aussi savoureux. Je le sirote dévotement, apprécie lentement ce nectar des dieux. Tomas me regarde par-dessus le bord de sa tasse, narquois face à ma mine de gourmandise.

Je suis certaine qu'il pense à la boîte de conserve dans le four à micro-ondes !

Son sourire qui s'accentue me conforte dans mon idée. Goujat !

— Combien de paires de chaussures ? demande-t-il pour relancer la conversation éteinte par notre dégustation silencieuse.

— Cent trente-deux.

Son hoquet me réjouit, son regard éberlué tout autant.

— Deux cent soixante-trois, en réalité, mais je n'en garde que cent trente-deux. Et demie.

— Et demie ?

— Oui. Une paire que j'adore, dont j'ai perdu la chaussure droite. Mais je ne peux pas m'en séparer. La gauche est trop chou.

Je minaude comme une *fashionista* accro aux chaussures. Je ne suis pas à ce point de non-retour, mais j'aime mes petites affaires. Mes soixante paires de chaussures sont loin d'équivaloir à la collection de Nelly, mais je prends soin de préserver ce qui me tient à cœur. Ou plutôt aux pieds.

Il part d'un rire chaud, sexy. Je le fixe, hébétée de constater qu'il sait rire. J'avais des doutes. Son sourire du diable envoûtant, craquant, je le connais, mais ce rire sourd, d'une sensualité profonde, me laisse inerte.

— J'espère pour vous que vous retrouverez la fugueuse. Elle a peut-être eu envie de faire un tour pour s'aérer la tête ?

Sa remarque désobligeante me ramène sur terre. Aucun doute, il me prend pour une idiote ou une détestable fille à papa, gâtée à outrance. Il ne démordra pas de son opinion sur moi, je le sens. C'est un irréductible, incapable de reconnaître ses torts ou d'admettre qu'il se trompe lourdement. Incurable !

Je le gratifie d'un sourire hargneux. Il rit silencieusement, heureux de m'avoir vexée. Je préfère stopper là ses amabilités, je pourrais me voir contrainte de lui jeter mon café à la figure, sinon. Or, ce nectar ne mérite pas un tel sacrifice de ma part.

— En réalité, j'ai besoin d'un alphabet.

— Un alphabet ?

— Oui. Un alphabet animal.

Cette fois, il me regarde avec circonspection, suppute la folie passagère ou s'interroge sur ma santé mentale.

Je récupère mes dessins dans ma sacoche pour les poser entre nous.

— C'est pour Dylan. Il est dyslexique. Il confond les lettres entre elles. Avec un alphabet animal, l'image mentale qu'il va créer pourra permettre de pallier ce problème. Ça ne le résoudra pas, mais pourrait l'atténuer. De récentes études montrent que rien n'est irréversible. Notre cerveau a des ressources insoupçonnées pour combler les déficits neurologiques.

Tomas a saisi mes dessins, et les examine avec un sérieux nouveau, attentif à mon propos.

— Comment cela fonctionne-t-il ?

— Chaque lettre est associée à un animal. C pour Chat, B pour Boa, etc. Peu à peu, il va construire des mots en associant les animaux entre eux. Pour lui, ce ne seront plus des lettres mystérieuses, mais des animaux qu'il va apprivoiser. Je ne sais pas si ça peut fonctionner, mais…

— Ça vaut le coup de tenter.

— Vraiment ? Parce que, sinon, je devrais pouvoir trouver du matériel approchant, sur Internet. Mais le bois est plus chaleureux, plus ludique à manier. C'est vivant, comme les animaux.

— Je peux. Pour quand les voulez-vous ?

— Lorsque ce sera prêt. Il n'y a pas d'urgence.

Il sourit, repose les feuilles sur la table, un reste de moquerie toujours au fond des yeux.

— Je m'en occupe. Ça ne devrait pas prendre trop de temps.

— Merci. C'est… sympa.

— C'est sympa à vous d'avoir pensé à moi. Si vous estimez que la méthode peut faire ses preuves avec Dylan, nous pourrions lancer l'idée sur le site de la mairie. D'autres écoles pourraient être intéressées par votre idée.

— Ce n'est pas la mienne. Elle est déjà utilisée par les orthophonistes pour aider les enfants en difficulté.

— C'est tout de même une bonne idée. Comment se comporte Alan en cours ?

— Bien.

J'hésite un quart de seconde. Un quart de seconde qui le rend soupçonneux.

— Bien, mais… ?

C'est peut-être le moment d'aborder la question qui me tracasse. J'hésite, sirote le fond de ma tasse lentement. L'impatience rugueuse de mon vis-à-vis est perceptible dans son attitude et son regard fixé durement sur moi.

— Il est adorable et obéit parfaitement, mais il reste sur la défensive avec moi. Vous… il imite votre comportement à mon égard.

— Vous insinuez que c'est ma faute ?

— Oui. Il n'a nullement besoin de sentir l'hostilité entre vous et moi. Que vous ne m'aimiez pas, c'est votre affaire, pas la sienne !

Il se lève brusquement, m'arrache ma tasse d'un geste de mauvaise humeur. Susceptible ?

— Je sais ce que vous pensez de moi. C'est votre droit. Seulement, si vous pouviez éviter de me traiter d'espion ou de traître ou que sais-je encore devant Alan, ça faciliterait nos relations. Il est très intelligent et très perspicace. Il sait trouver la faille pour faire plier les autres et obtenir ce qu'il veut. J'aimerais qu'il utilise ce don pour devenir un leader. Dans le bon sens du terme et non l'un de ces manipulateurs sans foi ni loi.

— Comme votre père ? m'accuse-t-il sourdement.

Je secoue la tête, déçue qu'il n'ait rien entendu à ma demande de trêve.

Je me lève. Le dialogue est impossible avec cet homme borné. J'ai cru un instant qu'il pourrait comprendre pour le bien de son neveu, mais j'ai eu tort. Il me déçoit profondément.

— Papa a de gros défauts, mais la manipulation ne fait pas partie de sa panoplie. Lui, c'est plus le genre char d'assaut. Il veut quelque chose ? Il se donne tous les moyens de l'obtenir quelles qu'en soient les conséquences. C'est un impulsif boulimique. Personne ne peut l'arrêter lorsqu'il a une idée en tête.

— Et quelle est son idée pour Harrington ?

— Aucune. Il ne sait même pas localiser votre bourgade sur la carte !

Je pars sans attendre une nouvelle attaque de sa part. Il m'horripile à être si têtu.

Une vraie mule !

10

L'odeur douceâtre me prend au nez.

C'est absolument écœurant et délicieusement attirant.

Le paradis des gourmands.

Je me penche sur la cuve qui glougloute nonchalamment. Les bulles de chocolat crèvent lentement la surface sombre, remuée par le bras métallique. Je respire l'odeur enivrante, souris de tous les souvenirs que cette simple odeur rappelle à ma mémoire.

Je me revois, à peine âgée de sept ans, le nez au-dessus de la bassine de cuivre de ma grand-mère, le chocolat à peine fondu, la pâte granuleuse sur mon doigt avide. J'entends le rire de mamy, son petit discours sur les gourmandes impatientes, ses explications sur la lenteur du travail pour obtenir le produit le plus merveilleux du monde.

Mes papilles frétillent de souvenirs de caramels mous aux noisettes, de ces fabuleux cookies aux noix de pécan ou de ces sucettes à la confiture de fruits. Des délices qui ont bercé mon enfance maladive.

Je me penche, hume cet arôme divin pour m'en

remplir les poumons. Aucun doute, il n'y a pas meilleur que cette odeur ! L'odeur du paradis.

— Zut !

Je tente de rattraper mon peigne de nacre tombé dans la cuve. Mes doigts se couvrent de chocolat fondu, sans que je puisse attraper le fuyard.

— Zut, zut, zut !

Mon cœur bat à cent à l'heure. Le peigne de nacre est emporté par le bras métallique. Je m'accroche à l'étagère au-dessus de la cuve, et me penche pour tenter un repêchage d'urgence. La catastrophe ne se fait pas attendre. L'étagère branlante chancelle et bascule légèrement. Les pots glissent lentement, tombent et déversent sur le chocolat fondu leur contenu en léger nuage.

— Merde !

Mon juron expulse mon bonbon à la menthe dans la cuve. Je panique à la vue de la poudre bleue, rouge, grise à la surface de cette marée odorante. Le bras revient vers moi, le peigne de nacre, l'objet de cette catastrophe, me nargue. Je le repêche d'une main tremblante, fouille du regard pour trouver une cuillère, une louche ou tout autre ustensile susceptible de m'aider à repêcher les poudres colorées. Je gémis de ma maladresse, m'épouvante des conséquences de ma curiosité gourmande. Un rouleau de papier absorbant me donne une idée. J'arrache des feuilles à la va-vite, éponge tant bien que mal la poudre grise encore visible à la surface du chocolat fondu. Les poudres bleue et rouge sont trop diffuses pour que je puisse les retirer.

— Merde !

Mon juron affolé ne calme pas mon épouvante. Je viens de gâcher en moins de trente secondes cent kilos de chocolat en fusion !

Personne ne doit savoir, sinon les habitants de la ville vont m'accuser de sabotage. J'empaquette soigneusement le papier couvert de chocolat dans une nouvelle couche de papier absorbant, enfourne le tout dans ma sacoche. Mon peigne dégoulinant subit le même traitement. Je redresse les pots sur l'étagère branlante, essuie la poudre visible. Je frotte mes mains collantes, me précipite vers le petit lavabo pour rincer les traces de mon délit.

Ils vont me tuer !

Une voix, de l'autre côté de la porte, me fige. Mon cœur est à l'arrêt, mon cerveau anéanti par l'affolement.

Une main ferme pousse la porte de l'atelier, puis une haute silhouette se dessine en contre-jour. Non ! Pas lui !

— Qu'est-ce que vous faites là ? grogne Tomas, les yeux à l'affût.

J'espère qu'il ne découvrira jamais la teneur du sabotage dont je viens de me rendre coupable.

Je souris d'un sourire aussi peu tremblant que possible, les yeux baissés pour qu'il ne puisse y lire mon affolement. Dire que la trêve était presque signée entre nous ! Une petite semaine de courtoisie. Et tout vole en éclats en deux secondes ! Il va encore m'accuser d'espionnage ou d'autres délits dont il doit avoir une liste complète. La cuve, derrière moi, est la preuve flagrante de ses accusations.

— Euh… je…

— Bea, excuse-moi…

Nancy le pousse en riant de nous trouver face à face.

— Qu'est-ce qu'elle fait là ? gronde-t-il, furieux de ma présence dans ce qui est le secret le mieux gardé de Harrington.

— Elle vient pour préparer la visite avec les élèves.

— Nancy ! s'énerve Tomas.

— Quoi ? C'est une super idée pour la semaine des parents !

— Tu ne peux pas la laisser espionner librement !

— Que veux-tu qu'elle espionne ? Le chocolat ? Tu crois qu'elle est experte et qu'elle peut découvrir notre secret de fabrication uniquement en plongeant son doigt dans la cuve ?

Nancy s'esclaffe et me montre le coin de sa bouche pour me prévenir que ma bévue a laissé des traces sur mon visage.

Je rougis furieusement, attrape un papier absorbant pour m'essuyer les lèvres. Tant qu'elle croit que je n'ai fait qu'acte de gourmandise, je dois pouvoir m'en sortir.

Un bruit sourd dans mon dos me fait sursauter. Nouvel assaut de panique.

— Ce n'est rien. Tu vois, une fois que le chocolat est à la température adéquate, la pâte part sur la chaîne de moulage, m'explique Nancy, en s'approchant de la cuve ronflante.

Je crains que mon méfait ne soit découvert illico. Elle se penche sur la cuve, sourit sans même plonger le doigt dans le chocolat évacué vers l'autre salle. Je n'ai aucune idée de ce que ma maladresse involontaire va produire comme dégâts sur la pâte en partance vers le moulage des bonbons chocolatés.

Tomas grogne un juron à mon encontre, me fusille d'un regard hargneux, le visage empreint de suspicion. Il se détourne. La porte claque sur sa mauvaise humeur. Nancy rit toujours, les yeux fixés sur la porte battante.

— Il ne faut pas lui en vouloir. Il a toujours peur que tout ce qu'il a construit ici ne tombe à l'eau. Et tu es une menace insidieuse pour lui.

— Je ne suis pas une menace. Papa n'a même pas idée qu'il y a une chocolaterie ici !

— Ça m'étonnerait. Il y a un an, un prospecteur est venu. Un prospecteur Newel. C'est pour ça que Tomas est à cran. Nous sommes dans une phase difficile, je ne te le cache pas. Si ton père décide de nous absorber, il suffira qu'il rachète nos dettes et nous serons impuissants.

— Tu ne devrais pas me le dire, dis-je, confortée dans mon idée que Nancy me charge du rôle de garde-barrière, face à la boulimie de papa.

S'il y a bien quelqu'un qu'il n'écoutera pas, c'est moi !

— Ce n'est pas un secret. Si nous arrivons à passer Noël et la Saint-Valentin, nous sommes sauvés. Trois mois, c'est tout ce qu'il nous faut.

— Ce n'est pas moi qui vais cafter, quoi qu'en pense Tomas. Tes chocolats sont fabuleux et je ne tiens pas à ce qu'ils deviennent les trucs infâmes produits par la Newel.

— Tu n'aimes pas la production familiale ?

— Pas ce qu'elle est devenue. Du temps de ma

grand-mère, les gâteaux étaient de pures merveilles, mais quand papa a voulu industrialiser le processus ils ont perdu de leur authenticité. Les adjuvants gâchent tout. Les gâteaux Newel n'ont plus le goût d'autrefois. Ma grand-mère n'a jamais réussi à persuader papa de revenir à l'artisanal. C'est un boulimique. Il en veut toujours plus.

— Pour vous permettre d'avoir une vie dorée et vous offrir le meilleur.

— Entre autres. Je ne peux pas le critiquer puisque j'en profite. Nous en profitons tous.

— Tout parent souhaite le meilleur pour ses enfants. Ton père ne déroge pas à la règle. Tu crois que tu pourrais le faire changer d'avis, s'il décidait de nous racheter ? me demande-t-elle franchement.

Elle admet enfin ce qu'elle attend de moi. Je souris tristement : je doute de servir à quoi que ce soit. Surtout avec les cent kilos de chocolat que je viens de massacrer à coups de poudres bleue, rouge et grise ! Mais je me sens une responsabilité à leur égard, maintenant. Je vais tenter de les protéger du mieux que je pourrai.

— Je n'en sais rien. Pour lui, les affaires sont sacrées. Dans son esprit, je ne suis qu'une petite fille incapable de marcher seule, dis-je, découragée par la persévérance de mes parents à vouloir me faire revenir près d'eux.

Je vais d'ailleurs profiter des quelques jours de vacances de Halloween pour retourner à la maison, et leur prouver que je ne suis pas en perdition, ni malade ni déprimée, encore moins devenue hippie.

— Pourquoi ? Tu montres ton indépendance depuis

deux mois. Il doit tout de même reconnaître ta valeur ! s'offusque Nancy.

— On voit bien que tu ne le connais pas !

Je ris de sa véhémence à me défendre. Cela me réchauffe le cœur.

— Pour mes parents, je suis une malade en puissance, celle qu'ils doivent couver pour la protéger de toutes les agressions extérieures.

— Ils sont aussi protecteurs avec ton frère et ta sœur ? s'étonne-t-elle en me poussant vers la salle d'emballage.

— Non. Je reste pour eux celle qu'ils ont failli perdre. Ce genre de peur reste ancré trop profondément pour qu'on puisse y échapper. Aucun raisonnement sensé ne les atteint. Dans leur esprit, je reste malade.

— Tu es malade ? me demande-t-elle, son visage affichant une soudaine compassion.

Je lui souris.

— Non. Plus maintenant.

— Qu'est-ce que tu as eu ?

Je comprends sa curiosité. Nous sommes devenues des amies.

Nelly me manque, même si nos conversations téléphoniques durent des heures. Ma virée soldes s'est transformée en un week-end d'interrogatoire. Elle m'a soûlée de questions à n'en plus finir, nos verres de Spirit of Life notre seul souvenir du passé tant elle a voulu tout connaître de ma nouvelle vie.

— Excuse-moi, c'est personnel, se récrie Nancy, embarrassée par mon silence.

Je ris doucement. Ma maladie est bien la chose la

moins personnelle qui soit ! À l'époque, mon cas a fait la une des journaux télévisés dans tout le pays. L'annonce de la rémission totale de ma maladie, grâce au don exceptionnel de Steve, un petit garçon fabuleux, a été relayée par tous les organes de presse. Nous avons toujours gardé le contact depuis ce jour. J'aime avoir de ses nouvelles, comme il aime m'entendre lui raconter les petites anecdotes de ma vie. Steve a été le seul à me soutenir dans mon projet de formation, même si mes objectifs n'étaient pas ceux qu'il imaginait. En réponse à l'annonce du tournant qu'avait pris ma vie depuis deux mois, son mail de la semaine précédente m'a réchauffé le cœur.

Vas-y, fonce !

— Il n'y a rien de personnel dans cette histoire. Lorsque j'ai eu un an, les médecins ont diagnostiqué une leucémie dégénérative. Je suis devenue un cobaye pour la recherche médicale par la volonté de mon père, décidé à tout faire pour me sauver. Il n'existe aucun traitement, à part la greffe de moelle osseuse. Mais les dons sont si rares que la proportion de réussite est infime. Je ne me souviens pas de grand-chose de cette époque. J'étais trop faible, gavée de médicaments pour tenter d'empêcher la maladie de progresser trop vite. À six ans, j'avais la taille et le poids d'une enfant de trois ans. Je savais à peine marcher seule, et ma mère devait encore me faire manger et me laver. J'étais comme un bébé qu'ils avaient peur de perdre à tout instant. Six ans de calvaire pour mes parents. Mon frère Robin a alors eu l'idée de lancer une alerte sur les réseaux sociaux. Un don de moelle osseuse pour les enfants comme moi. J'ai eu de la chance : Steve, un garçon de huit ans, a fait un don et m'a sauvé la vie. Trente-deux autres enfants ont été guéris grâce à cet appel et aux bonnes volontés d'inconnus.

— Je me souviens ! J'ai voulu participer à cette collecte, mais mes parents ont eu peur des risques.

— C'est compréhensible, car ils sont grands, surtout pour des enfants. Ceux qui ont fait des dons ont été le plus souvent des enfants issus de familles qui avaient vécu le drame de perdre un enfant par manque de ressources médicales. Il y a huit ans, Steve et moi avons créé une fondation pour permettre à la recherche d'avancer. Depuis vingt ans, papa donne chaque année 3 millions de dollars à la recherche, pour que ce qu'ils ont vécu soit épargné à d'autres. Mais, ça, c'est le secret de Sean Newel. En plus, il verse à la fondation 1 *cent* sur chaque gâteau vendu.

— Ça doit représenter une sacrée somme !

— Un peu plus de 9 millions de dollars l'année dernière. C'est pour ça que, même si les gâteaux Newel ont perdu leur goût d'authentique, je ne forcerai jamais papa à revenir en arrière. Plus la Newel vend de gâteaux, plus nous avons l'espoir de sauver des malades.

— Combien en sauvez-vous ?

— Bien peu, en regard de tous ceux qui sont en attente d'une greffe. Trois l'année dernière. Depuis dix ans, nous avons permis à de nombreuses familles de garder espoir en les aidant financièrement à faire face à la maladie. Steve sillonne le pays depuis des années pour lancer des appels aux dons de greffe.

— Steve Leroy ? s'exclame soudain Nancy, en me regardant, les yeux écarquillés de surprise.

— Oui. Steve Leroy.

— « Steve Leroy » ! soupire-t-elle, un air de béate admiration sur le visage.

Je ris de son hébétude. Il est vrai que Steve est célèbre, sorte d'icône ou de chevalier blanc qui fait rêver bien des femmes. Pour l'instant, il est trop occupé à se battre afin de sauver des vies pour penser à la sienne. Ses perpétuels voyages à travers le pays ne sont pas propices à une vie de famille. Un jour, il se posera, se décidera à trouver son âme sœur pour fonder sa propre famille.

— Et lui et toi… ? me demande-t-elle.

Je souris de la question qu'on me pose souvent à propos de mes relations avec Steve.

— Quoi, « lui et moi » ?

— Ça crée des liens, tout de même. Vous n'avez jamais été amoureux l'un de l'autre ?

— Si, l'année de mes douze ans. Je lui ai fait une déclaration d'amour, le sommant de m'épouser, l'année de mes dix-huit ans. Il n'a rien voulu savoir. Je suis comme une sœur pour lui. J'ai une partie de son ADN. Techniquement, nous sommes frère et sœur. Frère et sœur de moelle, dis-je en riant gaiement.

— Tu crois qu'il accepterait de venir ici pour expliquer son travail ? me demande-t-elle, une lueur d'excitation dans les yeux.

— S'il a un créneau, je pense que oui. Il est plus souvent dans un avion ou un train que chez lui.

— Ce serait géant ! Steve Leroy ! Merde alors ! murmure-t-elle comme si je venais d'exaucer son vœu le plus cher.

Je glousse devant son air extatique, son regard perdu dans un rêve devenu réalisable. Je vais contacter Steve au plus vite pour programmer sa visite. J'aime l'idée de Nancy.

Pourquoi n'y ai-je pas pensé moi-même ? Comme quoi, j'ai encore des progrès à faire pour devenir moins égoïste !

Elle me tend un chocolat à la prune d'une délicatesse fabuleuse, comme en remerciement. Je déguste religieusement le bonbon acidulé, d'une douceur extrême, relevé par l'amertume d'un zeste léger.

— Extra !

Je m'extasie de ce délice.

— Vous le fabriqueriez orange et en forme de citrouille, vous feriez un malheur à Halloween ! Et en cœur rouge pour la Saint-Valentin… Mieux. Un assortiment. Un cœur et une flèche dans une boîte, dis-je, perdue dans des images de chocolats de toutes sortes.

— C'est une idée ! Et pour Noël ? Qu'est-ce que tu aimerais déguster ?

Je réfléchis. Le Père Noël, c'est trop commun, tout comme les étoiles ou les boules. Je ferme les yeux, tente de piocher dans mes souvenirs pour trouver ce qui aurait été pour moi le plus beau chocolat de Noël. Aucune idée inédite ne traverse mon cerveau.

— Je n'en sais strictement rien, dis-je, déçue de ne trouver aucun souvenir original de mes Noëls passés.

— Dans ce cas, nous nous contenterons des moules habituels. Mais l'idée du cœur et de la flèche, j'adore ! Un cœur moelleux et fondant, une flèche croustillante.

— Avec un zeste de piquant. Une flèche, ça pique.

Tandis que nous rions de notre idée, un projet se dessine dans mon esprit.

— Et si nous organisions un concours, pour le chocolat de Noël ? Vous avez commencé à les produire ?

— Oui. Mais uniquement les traditionnels. Nous commencerons la production spéciale dans quinze jours seulement. Un concours ? Quel type de concours ?

— Pour les enfants de l'école. Nous allons leur demander de dessiner le chocolat de Noël de leurs rêves. Quinze jours, c'est faisable ? Mais il faut que nous visitions la chocolaterie avant, pour que tu leur expliques les contraintes de fabrication. Ça ne sert à rien qu'ils dessinent quelque chose d'irréalisable. Qu'est-ce que tu en dis ? Ça pourrait vous donner des idées ?

— Absolument ! Les enfants sont plus inventifs que nous. Nous ferons voter le personnel pour le choix définitif.

— Et s'il n'y a rien d'exploitable ?

— Il y aura toujours quelque chose d'utilisable. C'est un bon argument commercial d'annoncer une création originale dessinée par des enfants. Le sentimentalisme est le meilleur argument de vente. Nous pourrions également verser 1 cent à ta fondation ? propose Nancy, un large sourire aux lèvres.

— Non ! Si vous êtes en difficulté, ce n'est pas le moment de vider les caisses.

Je frémis d'imaginer les dégâts que ma bévue de tout à l'heure risque de provoquer. Je réfléchis une seconde à une manière de les aider et une idée s'impose à moi : pourquoi ne m'engagerais-je pas à verser cette somme à la fondation à leur place ? Je le leur dois bien ! Ce serait pour eux de la publicité gratuite.

— Par contre, si ça ne se compte pas en millions, je pourrais verser moi-même à la fondation la somme récoltée ? Combien vendez-vous de chocolats, à Noël ?

Tout à coup, je m'inquiète de la somme à verser. Je ne suis plus la fille Newel qui peut piocher à volonté dans la poche de son richissime papa. Mais un rapide calcul me rassure. Depuis que le shérif ne m'inonde plus de contraventions, mon compte en banque se stabilise. Ce n'est pas avec ce que je dépense pour la vie courante que je vais être ruinée !

— Un peu plus de trois cent mille, pour chaque sorte de chocolats. Mais l'édition spéciale est un tirage limité. Vingt mille boîtes de cinq chocolats chacune.

— Vingt mille boîtes ? C'est tout ?

J'imaginais naïvement que des centaines de milliers de boîtes de chocolats sortaient de la chocolaterie, comme le font les biscuits Newel.

— C'est un bon chiffre pour nous ! Si nous pouvions atteindre trente mille boîtes, nous serions sortis d'affaires à Noël. Mais, tant que les commandes ne sont pas validées, nous ne pouvons que spéculer, en fonction des chiffres de l'année dernière.

Je hoche la tête. Je n'y connais rien en marketing, mais les discussions de Robin et papa aux repas familiaux m'ont tout de même apporté une connaissance diffuse du marché des gâteaux. Le monde du chocolat, lui, est plus délicat.

Nouveau calcul rapide et rappel de mon solde bancaire.

Cinq mille dollars restent une coquette somme pour mon nouveau train de vie, mais je me sens dans l'obligation de le faire. Par ma faute, ils pourraient tout perdre. Je croise les doigts dans les poches de mon pantalon.

— Dans ce cas, je verserai 5 cents sur les chocolats de l'édition spéciale et le gagnant de notre concours se verra offrir son poids en chocolat. C'est faisable ?

— Aucun problème pour nous. Nous diffuserons le concours sur le site de la chocolaterie. Je suis certaine que ça plaira au public ! conclut Nancy en riant de bon cœur et en m'entraînant vers la sortie.

Je regarde une dernière fois le tapis roulant. Ma bourde glisse sur le tapis de moulage, me donnant des frissons d'angoisse. La coque de chocolat est d'une superbe couleur cacao brun, légèrement violacée. Aucune trace des poudres bleue ou rouge. Je préfère ignorer ce que ces petites coques rondes vont devenir.

Quelqu'un va bien devoir les goûter avant de les garnir ?

Je croise les doigts afin de conjurer le sort.

Cela évitera-t-il le désastre d'envergure que j'imagine ?

Je le souhaite de tout cœur !

Personne à Harrington ne mérite de perdre son travail par ma faute. Le maire serait trop heureux de m'accuser de tous leurs maux !

11

— Salut toi !

— Steve !

Je saute au cou de mon visiteur impromptu. Je ne l'attendais que dans deux jours. Il me serre contre lui en riant, sous le regard ébahi des enfants rassemblés dans la classe.

Je me reprends en toussotant, embarrassée par ma démonstration d'enthousiasme. Ce n'est pas un gage de mon sérieux !

Mais aussi tout se bouscule, depuis huit jours. Un simple mail, un « J'arrive » a mis le feu aux poudres et une frénésie créatrice dans la ville. Le concours du chocolat de Noël bat son plein. Dans quarante-huit heures, le jury se réunira pour décerner le prix du plus beau chocolat de Noël, sous la présidence de Steve. Nancy trépigne d'impatience. Son chocolat en forme de citrouille, d'un orange pétant au goût de potiron acidulé, a fait un malheur pour Halloween. Ils ont été débordés par les commandes de dernière minute. La chocolaterie a tourné vingt-quatre heures sur vingt-quatre pendant les quelques jours de vacances.

À mon retour de chez mes parents, j'ai été réquisitionnée pour empaqueter les chocolats. Éreintant ! Je m'en remets à peine, tant rester debout devant la chaîne, à vérifier le remplissage des boîtes et poser le couvercle, est épuisant pour le corps et l'esprit. J'ai dormi comme une bûche une journée entière pour me remettre de mon incursion dans le monde des travailleurs à la chaîne.

— Qu'est-ce que tu fais là ? dis-je discrètement, admirative de la bonne mine de mon ami.

Cet homme est un chevalier blanc ! Il me sourit de son sourire chaleureux, embrasse ma joue rosie par l'émotion.

— Déçue de me voir ? murmure-t-il, un rire dans la voix.

Je ne le connais que comme ça : un rire perpétuellement aux lèvres, des yeux bleus étincelant d'optimisme et un moral d'acier à toute épreuve.

Que peut-on espérer d'autre d'un gamin de huit ans, capable de persuader ses parents qu'il veut donner sa moelle osseuse pour sauver un autre enfant ?

— Déçue ? Comment veux-tu que je sois déçue ? dis-je, les larmes aux yeux, comme à chaque fois que je pense à l'abnégation de cet homme.

Il rit, me prend par la taille, me fait tourner dans les airs comme à notre première rencontre.

— Salut, les enfants ! s'exclame-t-il joyeusement.

— Vous êtes Steve Leroy ? s'extasie Amy, les mains

serrées sur la poitrine comme si elle venait de voir un ange.

— Exactement, jeune fille. Mais pour vous je suis Steve, OK ? Et toi, comment t'appelles-tu, jolie demoiselle ?

Amy rougit comme une pivoine, les yeux écarquillés de le voir lui tendre la main cérémonieusement.

— Amy, monsieur.

— Pas monsieur. Steve, la reprend-il d'une voix charmeuse.

Qui peut y résister ? Pas moi. Je craque pour celui que j'aurais adoré avoir comme mari, à l'adolescence. Il est resté mon rêve secret, mais notre amitié n'est bien qu'une amitié, plus solide qu'un roc.

Les enfants s'agglutinent autour de lui, et les questions pleuvent. Ils veulent tout connaître de l'aventure extraordinaire de cette petite fille péruvienne sauvée par un enfant esquimau. Une autre belle histoire que Steve se fait un devoir de médiatiser à travers le monde.

Je l'écoute, perdue dans mes propres souvenirs, heureuse qu'il soit à mes côtés pour quelques jours.

Je réalise le chemin parcouru depuis mon arrivée. Je me félicite d'avoir fait ce choix, remercie presque Tomas d'avoir allumé en moi le vent de la révolte par ses propos insultants. Mes parents ont pris conscience que je vivais loin de la peur qu'ils ancraient en moi depuis des lustres. Je suis guérie de ce poison qu'est la terreur de la rechute, de la maladie, de mon incapacité à y faire face. Ma guérison est complète depuis des années. Pourtant, les relents de la maladie m'ont étouffée, m'empêchant d'affronter ma vie. Le jour de mon départ, mes parents m'ont serrée dans leurs bras, les larmes aux yeux, mais fiers et soulagés. Eux aussi sont libérés de cette peur insidieuse. Ils vont pouvoir vivre à leur tour sans plus redouter l'avenir. Papa m'a proposé d'alimenter mon compte en banque, mais j'ai refusé. Je veux me prouver que je suis capable d'agir en adulte responsable.

Bon, pas encore totalement responsable. Je n'ai pas osé avouer ma bourde à Nancy à propos des poudres malencontreusement déversées dans une cuve de chocolat. Je ne comprends pas que personne ne se soit aperçu du goût détestable des friandises. Mon peigne de nacre, que j'ai léché pour constater les dégâts, m'a mis la bouche en feu. Du poivre ! Extrêmement fort ! La poudre bleue m'est inconnue, mais le piment de la poudre rouge ne m'a laissé aucun doute sur l'abomination que j'ai provoquée.

Je n'ai même pas pu acheter les chocolats incriminés à la boutique de la chocolaterie. C'était un lot spécial pour les épiceries de la côte Ouest. J'ai chargé maman d'aller en acheter une boîte, de me l'envoyer en express pour constater les dégâts. Tous les soirs, j'angoisse à l'idée que mon forfait soit découvert et que le désastre soit d'envergure. Mais avouer est au-dessus de mes forces.

— Les enfants ! Rangez la classe. N'oubliez pas vos pique-niques pour demain, dis-je, afin de couper court au désordre occasionné par la présence de Steve.

Il me sourit, amusé par mon ton d'autorité, j'en suis

certaine. Les petites équipes se forment pour remettre en ordre notre espace de vie. Je n'ai jamais rien à dire tant ils se gèrent avec intelligence. Je suis de plus en plus fière d'eux à chaque jour qui passe.

— Mademoiselle ? m'interpelle Alan, un sourire franc sur les lèvres.

La trêve est à l'ordre du jour entre le maire et moi. Mon idée de concours du chocolat de Noël, ma participation à la chocolaterie pour emballer les chocolats citrouilles, l'idée du « cœur à flèche » ont adouci mon « ennemi ». Il me surveille comme le lait sur le feu si j'approche de la chocolaterie, mais il est plus détendu lors de nos rares rencontres inopinées. Alan m'accorde lui aussi sa confiance. Son agressivité a disparu depuis qu'il partage le rôle de délégué de classe avec Amy. Les votes de reconduction de leur mandat, tous les vendredis soir, le confortent dans son rôle de leader bienveillant. Il est un gardien farouche des plus petits et les aide avec une gentillesse adorable. Hier soir, Helen m'a remerciée, en venant le chercher. L'arrivée prochaine du père n'est pas étrangère à la volonté du fils de prouver qu'il n'est pas un vaurien.

— Oui, Alan ?

— Oncle Timmy a proposé que nous allions pique-niquer en forêt, pour voir le travail des bûcherons.

— Oh ! N'est-ce pas dangereux ?

Je m'inquiète de cette idée saugrenue. Une visite de la menuiserie est déjà une visite à risque, mais Tomas m'a certifié que les enfants n'avaient rien à craindre. Je ne peux le contredire, même si l'énorme scie à bande que m'a montrée Ernst, le scieur, m'a fait froid dans le dos. Un enfant serait déchiqueté en moins de trente secondes avec un tel outil !

— Non, mademoiselle. Aucun risque. On pourra même abattre nous-mêmes un arbre ! ajoute-t-il en souriant, l'air ravi de me voir paniquer.

— Il est peut-être préférable que je l'appelle ?

— Il n'est pas là, ce soir. Il sort avec Cindy, me répond Alan en courant vers la sortie pour aider Saul et Benji à enfiler leur manteau.

— Ah.

Cindy ? La boulangère ? Elle est aussi appétissante que ses croissants au beurre. Une recette française dont je me gave tous les matins, en passant devant sa boutique. Elle me regarde toujours d'un air renfrogné. Comme 60 % de la population locale. À part les parents d'élèves à qui j'ai demandé leur participation pour mon mois « profession », les autres habitants restent soupçonneux à mon égard.

Les désarmer est un boulot à plein temps.

— C'est quoi, cette histoire de pique-nique ? me demande Steve en s'asseyant sur un pupitre d'élève.

— Un mois « profession ». J'ai organisé des visites dans les entreprises locales pour que les enfants découvrent les professions de leurs parents. La plupart n'ont aucune idée de ce qu'est exactement leur travail. Ça pourrait créer des vocations.

— D'habitude, ce sont les parents qui se déplacent ?

— Oui, mais c'est rasoir. C'est plus instructif de les emmener sur le terrain.

— Et demain, c'est bûcheronnage ?

— Presque. Tomas, l'oncle d'Alan, tient la menuiserie locale. Mais le bûcheronnage n'était pas à l'ordre du jour, dis-je, chagrinée par le bouleversement de mon programme initial.

— Tomas ? L'irréductible anti-Bea ?

— Exactement. Il est persuadé que je suis un espion à la solde de mon père qui mijoterait le rachat de la chocolaterie locale. D'après ce que m'a dit Nancy, la propriétaire, il était directeur d'une chocolaterie, dans l'Est. Une entreprise familiale que papa a rachetée. Les nouvelles conditions de production ne lui convenaient pas. Il est parti.

— Normal qu'il ait une dent contre ton père, mais contre toi ?

— Disons qu'il est particulièrement obtus et borné. Mais c'est un super menuisier. Regarde !

Je lui montre les alphabets animaux que j'ai trouvés le lundi matin qui a suivi mon incursion à la menuiserie. En un week-end, Tomas en avait réalisé pour l'école et pour les plus petits de la classe.

— Sympa ! Chat ? montre Steve, riant de la bouille amusante du chat.

J'admire la note cocasse qui a été donnée à mes propres dessins pour rendre les lettres-animaux plus expressives. Un travail d'orfèvre dont je compte percer le secret pendant notre visite. Ernst a été presque muet, pendant ma visite préparatoire à notre excursion.

— C'est pour les enfants dyslexiques. J'ai un petit garçon qui a du mal à déchiffrer les lettres ou à écrire des mots simples. Depuis que j'ai cet alphabet, il ne fait presque plus de fautes. Et il lit ! dis-je avec fierté.

— Ça me fait plaisir que tu aies trouvé ta voie, Bea. Tu es resplendissante. À part les cernes sous les yeux, tu es ravissante !

Steve me sourit et s'approche pour me prendre dans ses bras.

— Tu aurais pu éviter de parler des cernes !

Je ronchonne, la tête posée sur son cœur pour entendre y battre la vie.

Tous les matins, mon miroir me désespère. À mon retour de vacances, j'ai découvert mon lit humide de je-ne-sais-quoi. J'ai retourné le matelas, me suis froissé un nombre incalculable de muscles inconnus, mais l'humidité perdure. Le sac-poubelle que j'utilise en guise d'alaise n'est pas confortable ni discret pour une nuit paisible. Et puis, il y a ce bruit étrange dont je n'arrive pas à détecter la provenance et qui me réveille invariablement à 2 h 10 du matin. Une visite approfondie de la maison ne m'a pas permis de découvrir ce que ça peut être. Ça ressemble à un raclement de rapière sur un vieux sol dallé. Comme si un fantôme traînait ses guêtres dans la maison.

— Excusez-moi…, résonne soudain la voix du maire derrière nous.

Je m'écarte de Steve, le rouge aux joues, troublée par le regard brun froncé de Tomas, dans lequel brille une lueur étrange. Je rougis de plus belle.

— Excusez-moi de vous déranger, mademoiselle Newel, répète-t-il. Le tracteur passera chercher les gamins à 9 heures et demie, comme prévu, annonce-t-il, sans faire un pas dans la classe.

— Euh… oui, merci, dis-je, perturbée par son arrivée impromptue.

Il nous lance un dernier coup d'œil, puis disparaît comme il est arrivé. Il aurait pu faire un effort d'amabilité envers Steve ! Il est le représentant de la ville, tout de même ! Je suis outrée par sa grossièreté.

— Attends-moi !

Je repousse Steve vers le bureau et file à la poursuite du maire pour lui dire ma façon de penser à propos de son attitude d'ours mal léché.

— Qu'est-ce qui t'arrive ?

La voix grave me stoppe dans ma descente furieuse de l'escalier. Je jette un coup d'œil en bas, à travers les barreaux de la rambarde.

— Une catastrophe ! gémit Nancy, décoiffée et rouge comme si elle avait couru un marathon.

— Qu'est-ce qui se passe ? Newel ? gronde Tomas, le visage virant à l'orage.

Je n'ai pas de mal à imaginer son regard brûlant de rage.

— Non. Newel n'a rien à voir dans cette histoire. Goûte !

Elle lui tend un chocolat dont je reconnais la robe violacée. Mon Dieu ! Ma bourde !

Je me recule dans l'ombre de l'escalier pour ne pas me faire repérer. Je me doute de ce qui va suivre. Il va hurler ou sauter comme un cabri, la bouche en feu. Je le sais, je l'ai expérimenté avec une seule lichette sur mon peigne de nacre. Alors un chocolat entier !

— Nom de Dieu ! jure-t-il, sans montrer la réaction vive que j'attendais.

Je suis déçue qu'il ne se soit pas brûlé la langue avec mon mélange détonnant.

— Comme tu dis, soupire Nancy.

— Qu'est-ce que c'est ?

— Le Paradise.

— C'est plutôt l'enfer, ce truc !

— Oui. Un enfer que nous réclament à cor et à cri tous nos clients. Sauf que nous n'en avons plus un seul en stock ! Tout est parti en moins de quinze jours ! Tu te rends comptes. Vingt mille pièces !

Je reste ahurie par sa réponse. Comment peut-on aimer un chocolat qui vous met le feu à la bouche ? Je n'y comprends plus rien. À moins que…

J'ai réussi à enlever une bonne quantité du poivre tombé dans la cuve. Mais pas le piment ni la poudre bleue, présente en moindre quantité.

Aurais-je créé sans le vouloir un chocolat exceptionnel, que personne n'aurait imaginé ?

J'écoute avec attention, impatiente de découvrir ce qui chagrine Nancy.

— Il suffit d'en refaire, déclare Tomas avec une logique imparable.

— J'aimerais bien ! Ça fait deux jours que j'essaye. Nous avons une cuve pleine de cacao péruvien de la même cuvée que la précédente, mais il n'a pas le même goût !

— Un sac de fèves défectueuses ?

— On a vérifié les échantillons. Rien à signaler. Tout est identique. Pourtant, je n'arrive pas à reconstituer celui-là.

— Fais analyser l'échantillon, dans ce cas.

— Tu crois que je t'ai attendu pour le faire ! s'énerve-t-elle, apparemment vexée d'être prise pour une imbécile. Les labos sont surchargés. Nous n'aurons les résultats que dans quinze jours, voire un mois. Et j'ai contacté six labos ! Tonio est incapable de dire ce qu'il y a dedans. Tu te rends compte ? Nous avons plus de cent kilos de pâte prête à être moulée, mais nous sommes incapables de reproduire cet accident. Il aurait été parfait pour la Saint-Valentin ! Tu imagines ? Une coque de cette qualité et un cœur fondant chocolat amer, cerise noire ! Une pure merveille en bouche, une explosion intense. Merde !

— D'ici la Saint-Valentin, nous aurons les résultats, tente de la calmer Tomas, désorienté par la colère rageuse de son amie.

Je n'ai jamais vu Nancy s'énerver pour rien, or, là, un simple chocolat la met dans des transes impossibles. Mon chocolat !

Je mets la main devant la bouche pour ne pas glousser de bonheur. Ma bévue se transforme en merveille… Un plan s'invite sous mon crâne. Ma revanche. Je vais les aider, mais sans qu'ils l'apprennent, du moins avant Noël. Ce sera mon cadeau pour sauver la chocolaterie et la ville. Ma participation à l'effort de guerre.

— Oui, peut-être, mais j'ai vingt mille chocolats

commandés. Et je ne peux pas honorer les commandes. C'est une catastrophe ! Comment veux-tu que je dise à nos clients que je suis incapable de reproduire ce truc ? Je vais passer pour une imbécile !

— Tu peux toujours arguer que c'était un test, et que ce sera le chocolat phare de la Saint-Valentin. Nous ferons un carton, si nous limitons la production. Ils vont tous se ruer sur le cœur à flèche, et nous pourrons faire un joli coup. La pénurie a du bon, tu sais, la rassure-t-il en la prenant par les épaules.

— Peut-être, mais notre trésorerie serait sortie d'affaire avec une telle vente. Le chocolat citrouille a bien marché. Une autre vente de vingt mille pièces serait un appât pour la Saint-Valentin ou pour Noël. Et qui te dit que nous arriverons à le reproduire ?

— Je te fais confiance. Tu es la reine du chocolat. Tu trouveras, parce que tu ne lâches jamais rien, lui certifie-t-il en l'entraînant à sa suite.

Le reste de la conversation est perdu pour moi, mais je sais une chose : je dois agir. Et vite.

Nancy a raison. La trésorerie de la chocolaterie est leur point faible. Une autre vente exceptionnelle, et le spectre d'une reprise par Newel ou d'autres industriels sera écarté pour un temps. Ils ont droit à un peu de répit, un peu d'espoir. Dans un mois et demi, c'est Noël. J'aimerais que tous, ici, soient rassurés sur leur sort. Je ne suis pas certaine de pouvoir reproduire ma bévue, mais je vais tenter le coup. Il me faudrait un simple échantillon pour le goûter. J'étais bonne à ce jeu, autrefois. Mamy m'a gavé de pâtisserie et de friandises en tout genre pour que la fillette de sept ans ne ressemble plus à une petite fille de quatre ans. En trois ans, mon organisme a repris ses droits, m'a fait forte et solide, l'amour de ma grand-mère m'a rempli le cœur de douceur.

Pourquoi ai-je oublié tout ça ?

J'ai une mission, tout à coup. Recréer un chocolat.

Je me précipite dans la classe, fébrile à cause de tout ce que je dois prévoir et mettre en place. Je ris de mon idée farfelue, heureuse de me sentir « utile ».

— Steve ! Viens, je dois passer à la maison. Après, je t'invite à dîner, mais avant ça j'aimerais te présenter une amie. Une chocolatière. Je t'avertis, elle est dingue de toi !

— Elle est mignonne ? demande Steve qui s'amuse de ma soudaine frénésie.

— Adorable. Mais ne va pas lui briser le cœur, comme tu as brisé le mien, hein ?

— Je t'ai sauvé la vie. Je ne t'ai pas brisé le cœur. Et le gars de tout à l'heure ? C'était qui ?

Je le regarde, suspicieuse. Son petit air d'innocence ne me dit rien qui vaille.

— Le maire, réponds-je pour ne pas me mouiller.

— Oh ! « le maire » ! Il ne s'appellerait pas Tomas, ton maire ?

— En quoi cela peut-il avoir de l'importance ?

— En rien !

Mais il rit de ma remarque aigre.

Son coup d'œil par en dessous me met mal à l'aise.

Je déteste lorsqu'il insinue des choses inconcevables. Et son rire taquin ne me rassure pas !

Tout à coup, je ne suis pas certaine que sa venue soit une bonne idée.

12

— Génial, murmure Steve, passionné par la démonstration de la découpeuse laser.

Je n'avais pas idée qu'un tel outil pouvait exister, mais je comprends maintenant comment Tomas a pu produire mes alphabets animaux. Les retouches des dessins sont de son fait. Il a un coup de crayon fabuleux. En moins de une heure, il a croqué les portraits des enfants, en leur demandant quel animal-totem les représentait. Des portraits que chacun a découpés avec la fameuse découpeuse. Steve s'est amusé comme un gamin ; il a dessiné une sorte d'hippopotame hideux. Et il est très fier de son œuvre !

La visite est passionnante tant le personnel de la menuiserie, Tomas et Ernst sont attentifs aux enfants. Voir Gaby manier l'énorme scie à bande dont j'ai eu si peur m'a laissée en apnée pendant toute la durée de la manœuvre. Mes faibles protestations n'ont pas fait le poids, face à la détermination du gamin et celle de Tomas.

— À votre tour, m'a-t-il ensuite ordonné, un sourire ironique aux lèvres.

— Vous êtes fou ! Elle va me bouffer !

Mon couinement de frayeur a fait s'esclaffer les enfants, Steve et Tomas.

— Je n'insiste pas. Je sais ce que vous pouvez faire avec une malheureuse boîte de conserve, s'est rengorgé le menuisier, d'un air sournois.

— Qu'est-ce que tu fais avec une boîte de conserve ? m'a demandé Steve, intéressé par mes malheurs ménagers.

Cet épisode-là n'a pas figuré au catalogue des péripéties qu'il m'a extirpé la veille au soir pendant notre dîner. Il s'est fait un devoir de m'interroger sur ma nouvelle vie. Et il a ri ! L'indélicat ! Je me suis gardée de lui révéler tous mes secrets. Il est trop fouineur et taquin pour que j'en prenne le risque.

— Vous me raconterez ?

Steve s'est rapproché de Tomas pour obtenir le fin mot de l'histoire.

Mon regard meurtrier n'a pas incité le menuisier à répondre par un non catégorique. Le charme de Steve fonctionne aussi sur les hommes. Je crains qu'avant la fin de la journée ce secret-là ne soit dévoilé. Pourtant, j'aurais juré que Tomas aurait reporté sur lui sa suspicion à mon égard. Mais il semble que le courant passe entre eux. L'effet Steve.

— Maintenant, nous allons fignoler tout ça, les enfants, annonce Tomas, en nous entraînant vers une autre partie du bâtiment. Si vous voulez produire un travail de qualité, les machines ne sont pas tout. Il faut que vous perfectionniez ce que la machine a produit. Nous allons poncer et accentuer les traits pour plus de réalisme. Chacun a une table. Clive va vous expliquer comment procéder. Après, nous passerons au vernissage.

Les enfants s'égayent autour des tables dressées pour l'occasion. Clive passe de l'un à l'autre, explique le principe d'un travail soigné. Steve s'est installé à la table des plus petits et rit de sa propre maladresse, alors qu'autour de lui les langues tirées montrent une grande concentration au travail.

— Venez là ! m'interpelle alors Tomas avec un sourire malicieux.

Il me fait signe de m'asseoir à la table des moyens.

— Vous ne croyez pas qu'on va faire le travail à votre place ?

— Je n'ai rien découpé !

Je proteste de devoir mettre la main à la pâte. Je vais me ridiculiser, je le sens.

— Moi, si.

Son sourire ne me dit vraiment rien qui vaille. Les enfants rient de ce qu'il a posé sur la table. Les regards par en dessous de certains me font même craindre le pire.

— Courage ! Vous ne devriez pas vous casser un ongle.

L'attaque est fourbe. Il m'agace avec ses remarques désobligeantes sur ce que je suis. Ce n'est pas parce que je prends soin de moi que je suis pour autant une coquette ! Mon pantalon de toile rouge, mon chemisier rose et ma paire de ballerines noires n'ont rien d'extravagant. Une tenue que j'ai préféré choisir confortable, de peur de devoir affronter un orage, des litres de boue ou des éléments dangereux tel un arbre en chute libre.

Mon portrait en crapaud me sidère.

Comment peut-il être aussi grossier et insultant ?

— Un crapaud ?

— Non ! proteste-t-il d'un ton véhément, ses yeux pétillants invalidant sa protestation. Une grenouille. Une charmante grenouille, prétend-il d'une voix enjôleuse.

Je ne réplique pas pour ne pas envenimer les choses. Il rit, repart vers la table des grands, s'installe avec eux pour leur expliquer le concept de menuiserie d'art. S'il ne fait pas des émules, je veux bien être pendue ! Steve rit avec les petits en inventant des histoires à propos des animaux dont ils poncent les méplats avec soin.

— Elle est jolie, certifie Alan, en regardant la grenouille qui me ressemble.

Maintenant, je vais me voir en grenouille. Je déteste !

— Tu trouves ? dis-je pour ne pas le vexer ou montrer ma contrariété.

— Oui, c'est une très belle grenouille. Il y en a des grosses dans la mare près du stade, m'explique-t-il sur un ton de guide touristique.

Un endroit où je n'irai pas traîner. Les batraciens, quels qu'ils soient, ne me disent rien qui vaille. Ils doivent transporter de nombreuses maladies dangereuses. Comme le sumac.

Nous travaillons quelques minutes, concentrés sur notre tâche. Alan nous surveille avec un petit air arrogant identique à celui de son oncle. Mais la fierté de partager avec les autres sa propre expérience transparaît dans son attitude.

— Tomas ! nous interrompt Nancy, entrée en coup de vent dans le local.

— Tu viens nous aider ? lui demande-t-il en abandonnant les enfants pour la rejoindre.

Je suis tout ouïe. Je me concentre sur le ponçage afin de ne pas montrer mon intérêt pour leur conversation.

— Goûte !

Comme la veille, elle lui tend un chocolat rond à la robe légèrement violacée.

Le bleuet ! C'est lui qui apporte cette couleur particulière et une saveur douce avec une pointe acidulée incroyable. J'en ressens encore le goût sur le bout de la langue. Je n'aurais jamais imaginé qu'il pouvait être utilisé comme ingrédient. À 2 heures du matin, mes recherches Internet m'ont appris qu'il ne sert principalement qu'en élément de décoration. En saupoudrage léger. Moi, j'ai saupoudré, mais pas pour le simple visuel !

Mon plan a fonctionné comme sur des roulettes. Je suis un machiavel en puissance !

Un passage à la maison pour prendre un peu de matériel a été le début de mon aventure chocolatée. Steve a visité la maison, impressionné qu'elle soit presque en ordre. Il ne faut pas trop exiger de moi. Le ménage deux fois par semaine, la cuisine, la lessive et le repassage me prennent assez de temps pour qu'en plus le passage de l'aspirateur capricieux ne m'occupe pas une journée entière.

Ma boîte aux lettres recelait le paquet que j'attendais impatiemment, comme un signe que cette aventure était une nouvelle étape à franchir. J'ai embarqué les petites boules Paradise pour le test correctif. Manipuler Nancy pour qu'elle fasse visiter la chocolaterie à Steve a été un jeu d'enfant. Elle a montré une telle admiration pour lui qu'elle a accepté en moins de deux secondes de lui parler de son métier. Elle est tellement passionnée que je savais qu'elle en aurait pour une bonne heure, de quoi me laisser le champ libre. Je me suis éclipsée en prétextant un appel de Nelly, me suis introduite illégalement dans la salle de fabrication. La cuve attendait là ; le chocolat glougloutait langoureusement comme la première fois.

Je n'ai jamais eu une telle trouille de ma vie ! J'ai décortiqué une boule Paradise pour ne garder que la coque, l'ai sucée lentement, les yeux fermés, pour emmagasiner toutes les sensations. Un mélange détonnant, pour lequel il était impossible de déterminer les éléments étrangers au chocolat. La magie de la chimie des saveurs…

Avec prudence, j'ai versé la poudre de bleuet, la poudre de piment et une pointe de poivre. J'ai attendu que tout se mélange pour goûter mon étrange décoction. Une nouvelle dose de bleuet, une demi-dose de piment, une autre pointe de poivre m'ont rapprochée de la solution. Le bonbon à la menthe a été le dernier ingrédient secret. Un deuxième test m'a confortée dans mon dosage. J'ai tout noté avec soin pour ne rien oublier.

Cinq minutes m'ont suffi pour faire ma petite cuisine et perpétrer mon forfait. Je me suis ensuite faufilée hors de l'atelier pour m'installer sur le banc, près de la sortie. J'ai profité de ma petite pause pour appeler Nelly et me donner un alibi.

Maintenant, j'attends le verdict. La fébrilité de Nancy me fait redouter un échec. C'est elle, le nez de la chocolaterie. Elle aurait été la plus à même de concocter la nouvelle cuvée, mais ce petit mystère me fait frissonner de plaisir. Tomas ne pourra plus m'accuser d'espionnage ou craindre une reprise sauvage, si la chocolaterie s'en sort indirectement grâce à moi !

— Alors ? s'impatiente Nancy, incapable de tenir en place.

— L'enfer ! approuve Tomas, le sourire du diable aux lèvres.

Un sourire que je ne lui ai encore jamais vu. Craquant !

Je baisse les yeux pour ne pas montrer l'intérêt que je prends à leur aparté.

— Tu as réussi, la félicite Tomas, en gobant un deuxième chocolat.

— Eh ! Ne mange pas tout ! J'ai des commandes à honorer, s'énerve-t-elle.

Sa mine chagrine est loin de ressembler à l'air réjoui de Tomas.

— Maintenant que tu as trouvé…

— Non, justement ! s'impatiente-t-elle en tapant du pied, le mystère demeure !

Je doute que le bleuet ou le bonbon à la menthe soit dans sa panoplie de chimiste du chocolat.

— Comment ça, non ?

— Je n'ai rien fait ! Je n'y comprends rien. Hier soir, le chocolat avait le goût habituel. Malgré tous mes essais, je n'ai pas réussi à reproduire celui-là. Lorsque je suis arrivée ce matin, Tonio avait lancé la production du Paradise. La recette classique. Sauf que c'est ça qui est sorti ! On vient de recommencer une cuvée, et elle est comme l'ancienne ! C'est incompréhensible.

— Peut-être que le laisser reposer la nuit entière provoque une réaction chimique ? tente Tomas.

Je retiens un gloussement de plaisir.

La réaction chimique a le doux nom de Beatrix Newel !

Je suis la créatrice d'un chocolat d'enfer ! Ma grand-mère doit danser la gigue d'où elle me regarde.

— Je vais essayer. Nous avons au moins de quoi honorer les prochaines commandes. J'ai trois nouveaux clients. Un à New York, chez Diamond, un à Atlanta, chez l'épicier français Damian, et un à Chicago, le Palais du chocolat.

Je hoche la tête. Sacrées références ! Le Palais du chocolat est le nec plus ultra de tout l'Illinois.

— Prépare des échantillons pour la côte Ouest. Nous devrions pouvoir doubler ou tripler la demande à la Saint-Valentin. Je crois que, cette fois, nous arrivons au bout du tunnel, certifie Tomas, en me jetant un coup d'œil aigu.

Je joue la sourde, rit d'une remarque de Mélissa à mes côtés. Je glousse à l'idée de ma petite mascarade. J'aime savoir que, grâce à moi, ils vont pouvoir s'en sortir.

— Salut, Nancy !

Steve s'approche, son hippopotame hideux à la main.

— Bonjour, Steve, répond-elle, avec un sourire benêt.

Je les observe avec attention, le nez froncé. Nancy est tombée sous le charme de Steve. Indiscutablement. Mon coup d'œil chagrin n'échappe pas à Tomas. Il me fixe comme s'il voulait lire en moi. Il interprète mal ma déception, je le sens. Son coup d'œil, lorsqu'il nous a surpris dans les bras l'un de l'autre, hier, était explicite. Il nous croit plus qu'amis, j'en mettrais ma main au feu.

Pourquoi cela me met-il mal à l'aise qu'il puisse penser que Steve est mon amant ?

Je ponce ma grenouille avec une frénésie nouvelle, perturbée. Si Steve montrait de l'intérêt à celle que je considère comme une amie, je me réjouirais, mais il est imperméable aux charmes de Nancy. Ils discutent chocolat. Elle lui offre un Enfer, et son sourire ravi la charme. Ce soir, je vais devoir mettre les choses au point avec lui pour qu'il ne brise pas le cœur d'une jeune femme que j'apprécie énormément. C'est si vite arrivé, ce genre de choses, que je m'effraie d'avoir fait entrer le loup dans la chocolaterie.

— Aïe !

Je grogne de m'être cassé un ongle avec mon ponçage frénétique. Le pauvre nez de la grenouille en a disparu.

— Finalement, vous n'êtes pas plus douée avec du papier de verre qu'avec une boîte de conserve, se moque Tomas dans mon dos.

J'ai envie de lui répondre que je suis douée avec une cuve de chocolat, mais ma réplique s'arrête sur mes lèvres. Il ne mérite pas de connaître le mystère de fabrication de l'Enfer. Je vais faire jurer le secret à Nancy, pour avoir la satisfaction de le voir se régaler avec MON chocolat. Mon sourire d'ange démoniaque répond à sa remarque ironique.

— Je veux tout connaître de cette boîte de conserve, l'avertit Steve, revenu vers nous avec Nancy.

— Une boîte de conserve ? Quelle boîte de conserve ? s'étonne-t-elle.

Je la regarde, éberluée que le grossier bûcheron n'ait pas cafté sur ma bourde.

— Nous pourrions dîner ensemble pour creuser le mystère, non ? Ça te dit, Nancy ? propose Steve avec sa déconcertante facilité à entrer en relation amicale avec tout le monde.

— Euh… oui…

Elle rougit comme une gamine.

Je rage de ce qu'il propose. S'il ne voit pas le danger, je vais lui faire un cours en deux leçons sur les risques qu'il y a à séduire une femme conquise d'un simple regard.

— Tomas, tu n'as plus qu'à accepter, poursuit Steve, sans se douter que son idée est la pire qui soit.

Tomas va refuser, du moins, je le souhaite à 600 %. Son petit sourire bloque ma respiration. Mon regard explicite ne semble pas l'atteindre. Il sourit un peu plus ironiquement que d'habitude, enchanté de me sentir bouillant de rage.

— Pourquoi pas ?

— J'ai prévu autre chose !

Ma tentative de désertion tombe à plat.

— Eh ben, tu changeras tes projets. Il y a un restaurant, dans le coin ? continue Steve, sans tenir compte de mon avertissement visuel.

Au contraire, il s'amuse comme un fou de me mettre dans l'embarras. Je grince des dents à l'idée de ce qu'il a concocté. Je ne sais pas pourquoi il fait une fixation sur Tomas. Hier soir, j'ai éludé toutes ses questions avec une indifférence aussi authentique que possible.

— On ne peut pas dire que le snack soit digne de ce nom, affirme Nancy, en lançant un regard explicite à Tomas.

Lequel sourit, et semble capter le message de son amie, sans que j'en détermine la teneur.

— Nous n'avons qu'à dîner ici. Je me défends en cuisine, ajoute-t-il, se faisant modeste, les yeux pétillant d'une lueur de plaisir.

— Faux ! C'est un véritable cordon-bleu ! s'exclame-t-elle avec conviction.

— Il ne faut pas exagérer, bougonne-t-il, paraissant vraiment embarrassé par l'admiration de Nancy, pendue à son bras.

— Ton canard aux pamplemousses, c'est du quatre-étoiles.

— Pas de canard ce soir, il lui faut le temps de mijoter. Un chili, oui, si ça vous convient.

— Va pour ton chili. Il est presque aussi parfait que ton canard. Et une crème à l'orange ?

Elle le fixe, le nez froncé d'un espoir gourmand.

Il rit de bon cœur.

— OK, pour la crème à l'orange. Mais tu fournis

les chocolats pour le café. Ceux à la liqueur de noix et cerises.

— Le deal est correct.

— Je n'invite pas Bea à apporter quelque chose. Elle cuisine comme un pied, déclare Steve avec un rire taquin.

— J'ai du très bon pâté pour chiens en boîte. Sur un toast, c'est parfait pour l'apéritif, dis-je aigrement, vexée de son manque de considération pour moi.

— Faut-il encore savoir ouvrir une boîte de conserve, ironise Tomas, sans se départir de son sourire diabolique.

— Pourquoi ? Tu les ouvres comment ?

Steve frétille déjà de la bonne histoire qu'il voit poindre.

— Avec les dents !

— Oouh ! Bea, la femme des cavernes ! s'esclaffe-t-il, les yeux pétillant d'une lueur taquine.

— Méfie-toi que je ne mette pas de poison dans ton café.

— Pas besoin. Ton café, c'est déjà du poison.

Je me détourne, outrée par les commentaires de celui qui n'est désormais plus mon ami. Quel culot ! Mon café n'est certes pas délicieux, mais il est buvable. Presque toujours. Les rires, derrière moi, me hérissent.

J'ai envie de leur balancer à la figure que le chocolat réclamé à cor et à cri par des clients gastronomes est de mon fait. Je les laisse rire de moi, rejoins les enfants pour les féliciter de leur travail soigneux.

Je vais devoir me blinder, parce que je sens que ma soirée va être un désastre.

Pourquoi ai-je fait l'idiotie d'inviter Steve ?

Ce que j'imaginais comme de joyeuses retrouvailles se dessine comme une nouvelle épreuve, agaçante au possible. Il ne va pas me lâcher, je le sens.

C'est bien ce qui m'effraie. Steve a un étrange pouvoir, celui de deviner avant moi ce qui me tracasse, me blesse ou m'émeut. Ça a toujours été comme ça. Il me ressent. Malgré le peu de fois où nous nous voyons dans l'année, il perçoit mes humeurs en moins de quelques minutes, me décortique plus sûrement que je ne peux le faire moi-même.

Le piège qu'il me tend avec ce dîner est d'une clarté évidente.

Il sent que Tomas ne m'est pas indifférent.

Jamais personne avant cet homme n'a provoqué ce vent de révolte en moi, ni ce désir de prouver que je peux être autre chose qu'une fille couvée par ses parents.

Ça m'effraie.

Je ne peux pas nier qu'il m'attire, parce que c'est une réalité depuis le premier jour.

Il m'attire, m'agace, m'horripile, m'envahit le cerveau plus que nécessaire.

S'il avait été marié, j'aurais contenu cette attirance, mais maintenant ?

Ah, oui… Cindy ! Je l'oubliais, celle-là !

Il serait préférable que je ne l'oublie plus, à l'avenir. Elle est certainement plus compatible avec lui que je ne peux l'être.

Nous sommes comme chien et chat et il se montre toujours grossier avec moi.

Il n'a aucune considération pour ce que je suis réellement.

Pour lui, je suis Beatrix Newel, espionne, piètre institutrice et meurtrière de four à micro-ondes !

13

Mon cri me réveille brutalement. Mon cœur bat à cent à l'heure dans ma poitrine ; j'ai l'impression d'être en danger. Une goutte tombe sur ma poitrine découverte, l'humidité de ma chemise de nuit étant la raison de mon brusque réveil paniqué.

— Zut !

J'allume la lampe de chevet. Une autre goutte me tombe sur le front. Je lève les yeux vers le plafond, comprends enfin pourquoi mon lit est humide certains jours.

Une fuite ! La pluie tambourine sur le toit de bois de la maison, le vent mugit, la secoue de grincements sinistres.

Une nouvelle goutte m'attaque. Je me lève précipitamment, frissonnant dans ma chemise de nuit. Comme si j'avais besoin de ça !

Je gémis, me traîne dans la cuisine pour y prendre une bassine ou un récipient quelconque. Une odeur de fumée âcre perdure malgré les heures d'aération qui ont fait entrer le froid dans la maison. Je n'ai pas réussi à faire démarrer le poêle à bois. La chaudière m'a paru si complexe à mettre en route que j'ai préféré m'abstenir d'une nouvelle catastrophe. Je me suis rabattue sur le pauvre poêle. En moins de trois minutes, l'alarme incendie hurlait, la maison fumait comme un pompier par toutes les ouvertures possibles. Aller jusqu'à la porte a suffi à m'asphyxier. Je me suis réfugiée dans ma voiture pour attendre que la fumée s'évacue par les fenêtres et portes ouvertes.

Je suis un désastre ménager. Et toute la ville se gausse de mes déboires.

Steve a été prolixe sur mes ennuis ménagers lors de ce fameux dîner !

L'histoire de la boîte de conserve dans le four à micro-ondes a fait le tour de la ville, comme le mini-incendie du grille-pain ou l'inondation de la salle de bains, parce que j'avais oublié que je faisais couler un bain. L'aspirateur a rendu l'âme à son tour, étouffé par le trop-plein du sac.

Comment pouvais-je savoir qu'il était nécessaire de changer le sac ? Qu'un aspirateur qui n'aspire plus et fait un bruit de Boeing 747 soit suspect, d'accord, mais je ne m'attendais pas à son implosion brutale !

Nancy a pris en charge mon éducation ménagère depuis le départ de Steve. Pas par charité, mais de peur que je ne détruise le peu d'électroménager encore en état de marche dans la maison. Au rythme où j'assassine le matériel, je vais pouvoir passer au Père Noël une commande pantagruélique d'appareils électroménagers fiables, faciles d'utilisation et munis d'une notice détaillée.

Je retourne vers ma chambre, lasse de tous ces déboires. Les gouttes tombent avec une régularité de métronome dans la grande bassine placée sur le lit.

Qu'est-ce que j'ai fait au bon Dieu pour qu'il m'en veuille à ce point ?

Je retourne dans le salon, attrape une couverture chaude et me pelotonne sur le canapé. Maintenant, je n'ai plus qu'à espérer que le sommeil veuille me rendre une petite visite. Sans rêves, de préférence.

Mon soupir soulève ma poitrine désabusée.

Steve est un monstre. Il a provoqué un raz-de-marée dont je ressens les secousses permanentes. Pourquoi a-t-il fallu qu'il ait cette stupide idée de dîner ?

Je grogne, de méchante humeur, me retourne, les yeux ouverts sur l'obscurité du salon, la tête encombrée des souvenirs de cette étrange et déstabilisante soirée.

Pour moi, parce que personne d'autre n'en a été perturbé. Pour Steve, Nancy et Tomas, le repas a été un moment charmant, bon enfant. Steve m'a charrié à propos de la boîte de conserve. Tomas, après avoir montré un semblant de délicatesse, s'est finalement décidé à vendre la mèche. Il ne s'est pas privé de raconter l'épisode sumac et crapaud verruqueux. Aucune galanterie !

Mais qu'est-ce que je peux attendre d'autre de sa part ?

Il se méfie de moi comme de la peste, persuadé que je suis une espionne. Il n'en démord pas, malgré l'affirmation de Steve sur mon incapacité à comprendre quoi que ce soit aux affaires de mon père.

Pourquoi est-ce que je ne le déteste pas ? C'est incompréhensible !

Parce que c'est le seul qui ne t'a jamais montré de compassion ou de pitié. Pour lui, tu n'es que Mlle Newel, la fourbe. Pas Mlle Newel, miraculée de la leucémie, ou la fille de Sean Newel, l'une des héritières des gâteaux Newel !

Tout ça n'est qu'incompréhension. Je soupire, ferme les yeux, tente de dormir un peu.

Demain, visite dans une ferme d'un agriculteur du coin. Veau, vache, cochon et poule au programme de la journée. Épuisant !

— Qu'est-ce que vous faites là ?

Ma voix s'éraille de voir Tomas sur le pas de ma porte.

— Nancy m'a dit de passer. Tu as des soucis de fuite ?

La manière arrogante qu'il a de dire ça me hérisse les nerfs, renvoie mon émotion au fond de mon cerveau. Il me sourit de ce sourire en coin agaçant, hausse un sourcil devant mon manque d'empressement à lui répondre. Alors que je préfère garder mes distances avec lui, surtout depuis le dîner, Tomas s'entête à me tutoyer pour me déstabiliser — ou pour se moquer.

— La maison a des fuites, dis-je enfin d'un ton rogue, mécontente que Nancy l'ait appelé à la rescousse.

Il n'y a pas un charpentier, dans le coin ? Ou quelqu'un pour réparer une fuite dont l'origine me reste inconnue ?

— Montre-moi ! ordonne-t-il de son ton autoritaire de maire.

Il me pousse pour entrer, renifle aussitôt l'odeur de fumée impossible à faire disparaître depuis ma tentative « feu de bois » ratée. Depuis hier, l'été semble revenu. Des températures proches de 24 degrés pour un 3 décembre ! Même pour la région, c'est exceptionnel. J'ai hâte de passer les fêtes à Chicago où la neige est annoncée. Un vrai Noël.

— Qu'est-ce que tu as fait brûler ? demande-t-il, méfiant, les yeux tournés vers la cuisine.

— Rien.

Mon grommellement ne le convainc pas.

— « Rien » ? On dirait que tu as organisé un barbecue géant. Cramé, le barbecue, précise-t-il pour faire bonne mesure.

— C'est le poêle à bois. J'ai voulu faire du feu, l'autre soir, mais il n'a rien voulu savoir, à part cracher de la fumée pendant un quart d'heure.

— Oh ! On ne s'improvise pas cheftaine du feu aussi aisément.

Je grogne, me traîne vers la chambre, épuisée par mes nuits trop courtes, par la course au cochon dans une cour de ferme.

Sale bête ! À l'avenir, je vais me faire un plaisir de manger de la charcuterie pour me venger du bain de boue qu'une saleté de truie m'a forcée à prendre, en m'acculant contre une auge pleine de déchets puants ! Une fois de plus, l'institutrice s'est montrée ridicule face à un animal plus frondeur et borné qu'elle !

— Et la chasse au cochon ? me demande-t-il, un rire dans la voix.

Il m'emboîte le pas, souriant sans doute jusqu'aux oreilles, enchanté par mes déboires campagnards.

Je hais la campagne !

Je ne me retourne pas, ne réponds pas à son insultante attaque. Il rit de la péripétie, racontée à l'envi dans toute la ville. Je m'attends à être poursuivie par des cris de cochon poussés par les habitants réfractaires à l'institutrice Beatrix Newel. Ils devraient se réjouir de tous les épisodes ridicules qui occupent les conversations dans les commerces de la ville. À moi toute seule, j'occupe la première place des histoires les plus drôles depuis au moins vingt ans !

— Là, dis-je, en montrant mon lit couronné de sa bassine pleine d'eau.

— Joli, siffle-t-il, un zeste de compassion sur le visage.

Zeste bien vite remplacé par un sourire du diable. Je me détourne, pars dans l'autre sens pour ne pas subir une avalanche de remarques désagréables.

C'est tout ce qu'il a en magasin pour moi et ça me déprime.

Je me réfugie dans la cuisine, prépare un café pour avoir le courage de le supporter.

Il déboule dans mon refuge, une ceinture d'outils autour de la taille.

— Je pense qu'une ou deux tuiles sont déplacées. Je m'en occupe, m'annonce-t-il d'une voix plus chaleureuse que d'habitude.

Je lui fais un signe de la main pour donner mon

assentiment. Mon autre main retient ma joue fatiguée par trop de péripéties.

— Ça va ? demande-t-il, soudain inquiet de mon apathie.

— Tout roule.

Il me fixe un long moment, fronce les sourcils avant de se décider à disparaître. Je me perds dans la contemplation de la corbeille de fruits. C'est beau, les fruits, et les observer ne me demande aucun effort de concentration. Mon café est froid lorsque Tomas réapparaît, torse nu, la poitrine luisante de sueur. Je détourne les yeux pour ne pas soupirer de dépit de n'être pour lui qu'une fourbe d'espionne.

— C'est fait. Les dégâts sont minimes.

— Hum.

— Il ne devrait plus pleuvoir sur ton lit.

— Hum.

— Ça va ?

— Hum.

— Tu veux que je te montre comment démarrer un feu sans enfumer toute la maison ?

Il se fait conciliant, et mon apathie devient plus grande encore de le voir si proche.

— Hum.

— Tu as bu ?

— Quoi ?

Je sursaute à sa remarque suspicieuse. Je n'ai pas bu depuis des lustres ! C'est bien ce qu'il me faudrait, pourtant. Deux ou trois Spirit of Life pour évacuer tous les miasmes de mon incompréhension de moi-même. Non, je mens. Je sais très bien où j'en suis : nulle part !

— J'ai le droit d'être fatiguée, non ? dis-je, hargneuse qu'il me dévalorise par un jugement une fois de plus insultant.

— Oh ! Je préfère. Viens, je vais te montrer, pour le poêle. Pourquoi as-tu voulu l'allumer ? Pour faire des brochettes de guimauve ?

— Pour réchauffer la maison.

— Et la chaudière ? Pourquoi ne l'as-tu pas mise en route ? Elle s'autorégule en fonction de la température. Je crois que Nancy a fait livrer du fioul avant ton arrivée.

Du fioul ? Je ne savais même pas qu'il fallait du fioul pour une chaudière ! Pourquoi du fioul puisqu'elle est raccordée au courant électrique ? J'écarte la question inutile.

— Je n'avais pas envie qu'elle explose, dis-je, lasse de toutes ces choses dont je ne maîtrise rien.

Ça leur semble si naturel, à tous, que je me sens ridicule, stupide, idiote. Une imbécile finie.

— Ce n'est pas une boîte de conserve, se moque-t-il gentiment.

Je ne réponds pas. À quoi bon ? Il ne comprend rien à mes messages subliminaux.

— Désolé, s'excuse-t-il, perturbé de ne pas subir un regard meurtrier, un plissement d'yeux outrés ou une moue pincée.

Je l'écoute m'expliquer le fonctionnement du poêle avec des mots simples, dignes d'un enfant de trois ans. Je soupire à la mention de la petite tirette sur le tuyau.

Une simple tirette ! Cette petite tirette me démoralise. Je la regarde, hypnotisée par cet accessoire indispensable à l'évacuation de la fumée.

— Je vais allumer la chaudière, la météo annonce un refroidissement pour le milieu de la semaine.

— Hum.

Je reste à contempler la petite flambée, inutile étant donné la chaleur actuelle.

— Hé ! Ça va ? s'inquiète-t-il à nouveau, revenu sans que je m'aperçoive de son absence.

— Hum.

Il s'approche, me touche le front pour s'assurer que je n'ai pas une fièvre de cheval. Son simple geste suffit à faire monter la fièvre dans mon cerveau embrumé de considérations impossibles. D'une main douce, il écarte une mèche sur ma joue, la glisse derrière mon oreille. Nos regards se soudent étrangement. Je ne bouge pas, incapable de faire un pas ou de reculer, dans l'attente de ce qui me broie le cœur depuis des jours.

Il se penche lentement, son souffle sur mes lèvres. Il attend un signe de ma part, un recul, un appel. Mes lèvres s'entrouvrent sur mon propre souffle haché. Nos yeux brûlent de ce qui nous lie tout à coup : un désir brut, violent. Mes mains se posent sur son torse nu, se délectent de la douceur rugueuse de sa peau. Il s'approche encore, et sa main sur ma nuque m'incite à venir à sa rencontre. C'est lent, torturant, excitant. Nos bouches s'effleurent à peine, se découvrent lentement. Exaltant !

Je ferme les yeux, le cœur battant, le souffle bloqué.

C'est d'une ivresse délicieuse. Il se rapproche. Je me rapproche. Nos corps l'un contre l'autre se réchauffent mutuellement.

Nos bouches se donnent enfin avec fougue, s'explorent avec la même voracité féroce, s'attaquent d'un baiser profond. Je me serre contre lui, l'enlace, me fonds au plus proche pour ne plus le quitter.

Il me pousse vers le mur, me plaque contre la paroi de bois, m'attaque de sa bouche gourmande. Je gémis du brasier qu'il allume dans mes veines. Sa bouche sur ma gorge attise l'incendie de mon ventre. J'en ai rêvé depuis des nuits. Je l'attaque à mon tour, dégrafe la ceinture d'outils, impatiente de tout connaître de lui.

— Doucement…

Il recule légèrement, essoufflé, échevelé, les yeux brûlants de désir.

Ce qu'il est beau !

— Viens ! dis-je, implorante.

— Non, souffle-t-il dans un effort de volonté que je n'ai pas.

Je tente de l'embrasser, mais il me repousse, recule encore.

C'est le pire recul de ma vie. Il voit ma détresse profonde, la meurtrissure qu'il m'inflige volontairement. Je refoule mon émotion courageusement, proche des larmes.

— Excuse-moi, dis-je, la voix tremblant de ne pas vouloir lui montrer ma déroute.

— Ne t'excuse pas. Je le veux, moi aussi. Mais pas comme ça.

— Mon lit est un peu humide…, dis-je, un nouvel espoir fou au cœur.

Il rit sourdement, caresse mes lèvres d'un baiser léger.

— Ce n'est pas ce que je veux dire.

— Qu'est-ce que tu veux dire, alors ? Tu veux, mais tu ne veux pas ?

— Exactement !

Je comprends pourtant. Je l'attire comme il m'attire, mais il ne veut pas se laisser emporter par cette simple attirance. Je l'admire pour cette volonté de résister à ce que je lui offre. J'ai oublié Cindy, mais pas lui.

Je m'écarte pour ne pas le mettre mal à l'aise, le rouge de la honte aux joues. Je me suis comportée comme une idiote.

— Je suis désolée.

Mon murmure n'est plus qu'un souffle, parce que je me sens vide à l'intérieur.

Ses quelques mots ont transformé le feu de mes émotions en glace.

Il me retient, me plaque contre le mur pour que je ne me sauve pas. Ses yeux me fouillent, mais ne pourront pas trouver ce que je cache au fond de mon âme. Je n'ai pas envie d'être plus ridicule que je ne le suis déjà à ses yeux.

— Pourquoi es-tu désolée ? demande-t-il d'une voix tendue.

— Je ne voulais pas te mettre dans l'embarras. Cindy et toi… Je comprends.

Mon murmure passe mes lèvres avec difficulté.

— Cindy ?

Je hoche la tête, incapable d'en dire plus.

Pourquoi me torture-t-il ainsi ? Pour se délecter de sa victoire ?

— Qui t'a parlé de Cindy ?

— Alan. Il m'a dit que tu sortais avec elle, il y a quelques semaines.

Ses questions éloignent mon trouble.

— Alan ?

Il hausse un sourcil, un pétillement étrange, inconnu, dans les yeux, puis esquisse un sourire taquin, effleure ma bouche.

— J'ai dîné avec Cindy, en effet. Et Nancy, et Délia. Mais ce n'étaient que des dîners entre amis. Rien de plus.

— Oh.

— J'aimerais d'ailleurs que nous dînions ensemble, toi et moi. Seulement…

Il fait durer le suspense, et son « seulement » me fait vibrer le cœur.

— … j'aimerais qu'il y ait plus entre nous. Lorsque nous nous connaîtrons mieux. Je ne veux pas que nous précipitions les choses. Je… je crois que tu peux devenir importante pour moi.

J'en reste muette d'extase. Sa délicatesse à ne rien vouloir précipiter, sa manière humble d'avouer que je pourrais devenir quelqu'un d'important dans sa vie me trouent le cœur de bonheur.

— Je… je crois que toi aussi, tu es important pour moi, dis-je, certaine de ne pas me tromper, cette fois, sur ce que nous pourrions vivre ensemble.

Il rit sourdement, m'embrasse d'un baiser fou,

enivrant, terriblement sensuel. Je suis en feu, le cœur à l'envers, le cerveau anesthésié de bonheur.

— OK !

Il s'écarte de moi, sa volonté beaucoup plus forte que la mienne.

Comment peut-il résister à ce qui pétille entre nous ? Je l'en admire un peu plus.

— Pique-nique, demain ? Ça te dit ?

— Oui.

— Je passe te prendre à 11 heures. Prends un maillot de bain.

— « Un maillot de bain » ?

— Oui. Tu verras demain. Sois sage et ne mets pas le feu à la maison, d'accord ? À demain, fait-il, pressé soudain, comme si rester devenait un risque trop grand.

Je glousse de le voir partir, soupire de son sourire de diable heureux, dont il me gratifie en guise de salut.

Il est si beau !

Demain…

Ce simple mot résonne comme une promesse d'avenir immense.

Je me laisse glisser le long du mur, ébahie de me sentir si vivante, tout à coup.

Demain !

Il n'y a pas plus magnifique que ce simple mot dans la bouche de cet homme.

Il a pris la bonne décision pour nous. Attendre, apprendre à se connaître sans se précipiter vers une relation trop rapide, malgré notre attirance mutuelle.

Je rêvasse à ce que pourrait être notre vie future, des rêves plein la tête.

C'est ça, l'amour ? Ce sentiment de plénitude exaltée, cette excitation impatiente que chaque seconde exacerbe, cette vibration intense qu'un simple prénom engendre au plus profond de son cœur ? Il se tord, mon cœur. Il se tord d'espérer avoir trouvé l'amour.

Depuis la cuisine, mon téléphone m'indique que j'ai reçu un message.

Je me lève sans autre volonté que celle de rester des heures à penser à lui.

Tu me manques. À demain. T

Je fonds.

Je pleure, stupidement émue, les doigts tremblants pour lui répondre.

J'ai hâte d'être à demain. Je compte chaque seconde. B

Je l'aime. Irrémédiablement. Mon cœur vient d'éclater d'amour.

14

— Alors ?

— Sublime !

Mon soupir soulève ma poitrine lovée contre le torse de Tomas. Il rit sourdement.

— Je trouve aussi.

Je lève les yeux, fronce les sourcils, souris béatement à la vue de son regard brûlant sur moi.

— Le paysage ? dis-je, pour qu'il me réponde qu'il n'est rien, comparé à moi.

— Le paysage, confirme-t-il en souriant effrontément, heureux de ne pas me faire le compliment que j'attends.

Je soupire, mais l'embrasse malgré tout, parce que ses lèvres sont les plus douces qui soient.

Il répond à mon baiser langoureusement, provoque par sa caresse lente une flambée de chaleur dans mon corps. Je ne sais pas ce que va être l'amour avec lui, mais ses baisers sont déjà des tortures.

Trois semaines que nous sortons ensemble. Au nez et à la barbe de tous. Nous aimons ce secret dont nous nous entourons, même si Nancy se doute que nous sommes en pourparlers pour une relation durable. J'adore tout ce que je découvre de lui, m'émerveille qu'il soit proche de l'homme dont j'ai toujours rêvé.

Je suis follement amoureuse. Et je crois que c'est réciproque.

Pour la première fois, je me sens moi-même. Avec lui, je me dévoile, avoue toutes mes peurs, tous mes doutes, toutes mes joies passées. Il est attentif, à l'écoute, me soutient d'un simple regard.

— Je crois qu'il est temps que nous rentrions, propose-t-il en se soulevant sur les coudes.

Nos maillots de bain sont secs malgré le froid léger. Les sources d'eau chaude glougloutent de leurs bouillons délassants. J'adore cet endroit, où il m'a emmenée pour notre premier rendez-vous. Le plus fabuleux des pique-niques ! Nous étions comme deux gamins timides, impatients de tout découvrir de l'autre et pourtant retenus par nos doutes. Le bain bouillonnant aurait pu se terminer en communion parfaite, mais, une fois de plus, Tomas a montré une volonté de fer. Je l'en ai aimé un peu plus.

Il s'accroche à mon cœur par toutes ses délicatesses, ses moqueries dont il ne peut se passer. Il aime que je sois ridicule, uniquement parce que, ainsi, je ne suis plus la fille pourrie gâtée de Sean Newel. Il a détesté cette fille dès le premier regard. Son aveu m'a froissée, mais il s'est fait pardonner en ajoutant aussitôt qu'il était tombé sous le charme lorsque j'avais mis tant de passion à expliquer mon projet pour Dylan.

L'épisode Steve l'a rendu jaloux ! Il l'a admis d'un

ton rogue, inquiet de la nature de notre relation. Je me suis étonnée que Nancy ne lui ait pas raconté mon histoire. Il a ri en prétendant qu'elle était pire qu'une tombe avec les secrets des autres. Alors, je lui ai tout dit : mes peurs d'enfant, la terreur de mes parents, cet étouffement lent pire que la maladie, Steve et ce qui nous liera à jamais. La buée dans ses yeux, ses lèvres frémissantes sur mes lèvres m'ont empli le cœur de son amour.

Maintenant, il sait tout ce que je suis. Comme je sais tout ce qu'il est.

— Tu dînes à la maison ? me propose-t-il, ses lèvres proches des miennes.

Ma bouche trace un « oui » souriant.

— Viens, il commence à faire froid…

Il se lève souplement, me tire à lui, m'embrasse, et ses mains sur mes hanches sont des brûlures intenables. Nous résistons, mais nous savons désormais que notre avenir est ensemble.

Nous nous habillons rapidement, nos peaux frémissant de la petite bise. Il m'enlace et nous retournons à sa voiture. Je me blottis contre lui sur le large siège, savoure ce moment de silence qui nous ramène à la menuiserie.

— À la douche ! me dit-il en me poussant vers la salle de bains. Je prépare le dîner.

J'obéis sans discuter, profondément troublée de le savoir proche. Je suis décidée à passer cette dernière nuit avec lui. Demain, je retourne à Chicago pour les fêtes, alors que rester est mon seul désir. Mais Tomas a insisté pour que je ne change rien à mes projets, et que je passe les fêtes en famille. Je vais cependant écourter mes vacances pour revenir près de lui au plus vite.

La bonne odeur de cuisine me chatouille le nez dès que j'entre dans le salon. J'adore le voir cuisiner. J'adore tout de lui. Je suis pire qu'une midinette en admiration béate devant son idole.

— Je peux te confier la surveillance du poulet ? me demande-t-il en volant un baiser sur mes lèvres offertes.

— Oui, chef. Je remue lentement, sans quitter des yeux la casserole. Même si un superbe adonis traverse la pelouse torse nu.

Il rit, les yeux taquins, embrasse mon nez froncé.

— Il me semble pourtant…, se moque-t-il, faisant allusion à mon échec culinaire du week-end précédent.

— C'était ta faute !

Il rit en disparaissant vers la salle de bains, mes yeux accrochés à son dos dénudé. Lui résiste à mes manœuvres de séduction ; moi, j'en suis incapable. Je suis une lavette face à lui, une lavette brûlante de désir. Je me tourne vers la cuisinière, remue consciencieusement le poulet, sans me laisser distraire par toutes mes pensées érotiques. Elles garnissent mes nuits et une partie de mes journées, s'il montre le bout de son nez. Une torture dont il est le maître. Il me l'inflige avec une maestria proche de la folie. Mon corps est un monstre indomptable malgré mes admonestations au calme. Je suis comme une boîte de conserve dans un four à micro-ondes. Prête à exploser. Et l'explosion aura lieu ce soir. Ce sera mon cadeau de Noël, pour résister à dix jours de séparation. Dix jours ! Une éternité.

— Ça sent bon ! murmure-t-il dans mon cou, les bras autour de ma taille, le corps serré contre moi.

— Hum, « ça sent bon », dis-je en reniflant son cou pour qu'il m'embrasse.

Il obéit à ma demande, m'embrasse. Un baiser lent, d'une douceur extrême. Il se retient pour ne pas céder à plus de sauvagerie, je le sens. Ce soir, c'est moi qui vais me montrer sauvage. Mais après le dîner, parce que j'ai une faim de loup.

— J'ai faim, dis-je les yeux plongés dans son regard, avec l'intention de le dévorer lui plutôt que le poulet.

— À table, dans ce cas !

Il s'écarte, les yeux plus brûlants que jamais.

Comment peut-il résister ?

Ça m'agace qu'il soit capable d'étouffer son désir d'un simple « À table ». Je suis saisie d'une envie dévorante de me jeter sur lui, le ventre à la retourne, le cœur battant à cent à l'heure et l'esprit obnubilé par une seule image : lui et moi dans un lit.

Je soupire de déception de n'avoir sur lui aucune prise. Lui m'agrippe de toutes les manières, alors que je suis la pluie sur les plumes d'un canard. Je glisse sans pouvoir m'accrocher. Je déteste.

— À quelle heure est ton avion ? me demande-t-il en posant nos assiettes garnies sur la table.

— 19 heures.

— Je t'emmènerai.

Ma fourchette se fige entre mon assiette et ma bouche. Je le fixe, étonnée de sa proposition.

— Et ton travail ?

Il rit sourdement.

— C'est moi le patron. Je suis libre de mon temps.

— Je ne voudrais pas que ça désorganise la menuiserie.

— Ce n'est pas la menuiserie que tu désorganises, nuance-t-il en souriant, me prenant la main de ce geste doux dont il est coutumier.

J'adore ses mains aux cals râpeux. Un travailleur manuel, passionné par son métier. L'épisode de la chocolaterie familiale volée par mon père reste du domaine de l'interdit, comme s'il redoutait de ne pouvoir cacher sa rancune envers ma famille. Je m'en effraie, mais ne veux pas le bousculer. C'était important pour lui, et sa volonté de sauver la chocolaterie de Nancy n'est pas un simple geste d'amitié envers une amie, mais une revanche vis-à-vis de son passé. Il s'est investi avec acharnement pour qu'un nouveau désastre Newel ne fauche pas d'autres familles.

— Oh !

Je rougis sous son regard explicite. Il se penche par-dessus la table, caresse mes lèvres entrouvertes. La pression augmente dangereusement dans mes veines.

— Peut-être que je vais pouvoir me remettre sérieusement au travail, souffle-t-il, un petit air dépité sur le visage.

Sa mine de gamin privé de dessert me fait fondre de bonheur. Il est adorable lorsqu'il montre sa sensibilité, ses doutes sous sa carapace de bûcheron viril sans peur et sans reproche.

— Moi aussi.

Je soupire du même découragement d'être incapable de me fixer sur mon travail, l'esprit tourné vers tous les moments que nous avons partagés.

Depuis trois semaines, tous les soirs, il vient me chercher pour m'entraîner dans des promenades, des pique-niques, des dîners chez lui. Tous les matins, je le trouve sous le porche de la maison, des croissants à la main pour le petit déjeuner que nous partageons. Personne, avant lui, n'a été aussi présent dans mes instants de liberté. Il me raccompagne le soir, m'abandonne à regret après un baiser chaste avec un simple « À demain ! ».

Quelle force puissante ont ces simples mots ! À demain.

— Que dirais-tu si je te rejoignais à Chicago après Noël ? lance-t-il tout à coup.

Je me fige, le fixe intensément, pétrifiée par sa demande.

Lui, à Chicago ? Sa venue impliquerait une rencontre avec ma famille, mon père… Une étape difficile pour lui, je le sais. Qu'il n'ait jamais abordé le sujet depuis trois semaines que nous nous fréquentons, à part son aveu de m'avoir détestée au premier regard, prouve que le traumatisme est toujours là. Je m'effraie qu'il veuille passer ce cap. Il n'est pas prêt, je le sens.

Comment le lui faire comprendre sans le blesser ?

— J'avais prévu de revenir juste après Noël, dis-je

pour ne pas répondre : « Non, ne viens pas. Pas encore. Tu n'es pas prêt et moi non plus. »

C'est vrai. Je ne suis pas prête à ce qu'il me découvre en Beatrix Newel, fille de Sean Newel. Je veux rester à ses yeux l'institutrice souvent ridicule qu'il aime. Pas celle qu'il a détestée dès le premier regard. Parce que ce n'est pas seulement une image, c'est aussi une partie de moi. Étouffée, mise de côté depuis quatre mois, mais présente malgré tout. On ne peut pas renier ce que l'éducation, les relations, le passé ont fait de vous. C'est un test que je dois passer seule pour me prouver que j'ai vraiment changé, que je suis devenue une autre. Pour lui.

Je le sens qui se froisse imperceptiblement, et mon cœur se serre de l'avoir blessé. Je veux le protéger, me protéger, nous accorder un avenir. Je ne sais plus quoi dire ou faire pour le réconforter. Son sourire refleurit sur son visage, un rien mélancolique.

— Si tu es libre, nous pourrions partir quelques jours ? Tous les deux ?

— « Tous les deux » ?

— Il y a une petite auberge à une centaine de kilomètres d'ici, près d'un lac. Tu pourrais m'apprendre à faire du bateau ? Je ne sais pas ramer.

Il sourit plus franchement, attrape ma main pour l'embrasser, les yeux pétillant de ces lueurs taquines que je me prends à aimer.

— « Ramer » ? Je vais devoir acheter des gilets de sauvetage, une balise Argos et un canot de survie, alors !

— Méchant !

— Réaliste. Si tu rames aussi bien que tu manies un aspirateur, je préfère prendre mes précautions.

Je respire mieux, soulagée que la gêne occasionnée par mon refus de le voir me rejoindre à Chicago s'envole avec nos rires complices.

— Quand comptes-tu revenir exactement ? me demande-t-il en débarrassant nos assiettes.

— Le 26.

— Je pourrais passer te prendre à l'aéroport.

— Ta famille ?

Je m'inquiète de bousculer son programme, me gourmande de faire passer mes désirs avant les siens. Il m'a parlé de son envie de passer quelques jours dans sa famille.

— Nous pourrions… passer les voir ?

— Toi et moi ?

— Je crois qu'un « nous » implique un « toi et moi ».

Il ponctue sa remarque d'un sourire de charmant démon moqueur.

— Tu veux que…

— Oui, je veux que, affirme-t-il, contournant la table pour venir me prendre dans ses bras.

C'est une proposition que je ne peux pas refuser. Une manière de me faire pardonner mon refus qu'il rencontre mes parents. À notre retour, je les inviterai pour le leur présenter. Quelques jours dans sa famille seront l'occasion de fumer le calumet de la paix, d'effacer les vieilles rancœurs, de faire table rase du passé.

— Alors ? insiste-t-il.

— C'est d'accord ! dis-je, les yeux remplis d'amour.

Cette étape-là est la plus importante de notre relation. Je l'embrasse pour lui prouver tout mon amour, me colle à lui étroitement, échauffée par la chaleur de son corps ferme.

Il rit contre ma bouche langoureuse, se laisse cajoler par mes lèvres brûlantes.

— La tarte, murmure-t-il, le souffle court, ses lèvres incapables de lâcher ma bouche.

— J'ai envie d'un autre dessert.

Mon grognement, mes mains sur ses hanches ne laissent place à aucune équivoque. Il m'embrasse comme je rêve qu'il le fasse depuis des jours. Depuis notre premier baiser ardent.

— Ne seriez-vous pas un peu gourmande, mademoiselle Newel ? se moque-t-il, la voix hachée par la tension de nos désirs exacerbés.

Cela flambe entre nous, comme un brasier insoutenable, nos souffles incapables de se séparer plus de quelques microsecondes.

— Affamée, soufflé-je en mordillant son sourire fauve.

— Tant que ça ?

— L'abstinence n'est pas bonne pour la santé mentale, dis-je en m'agrippant à ses épaules pour qu'il ne m'échappe pas.

Il rit de ma manœuvre, me soulève comme un fétu de paille pour que je m'enroule étroitement autour de lui.

— « Abstinence » ? répète-t-il contre ma gorge palpitant de ce désir violent dont mon corps se consume. Depuis quand ?

Je m'écarte pour le regarder, mais son sourire démoniaque s'écrase sur mes lèvres. C'est d'une férocité enivrante, d'une démesure jamais égalée. Il lâche enfin ma bouche, haletant, les cheveux ébouriffés par mes mains impatientes, et m'ordonne :

— Avoue !

— Cinq mois.

Son regard pétille, s'allume de flammèches ; son sourire me promet le paradis.

Je lui ai tout raconté de ma vie sentimentale, de Martin, de la trahison de celui que j'avais imaginé aimer. C'était mièvre, en comparaison de ce que cette bouche d'homme provoque par une simple caresse dans mon cou.

— Dans ce cas, peut-être pourrions-nous prévoir une remise à jour ?

Comment peut-il être aussi vexant et excitant ?

— Et toi, la dernière remise à jour date de quand ? ne puis-je m'empêcher de demander, les mains occupées à déboutonner sa chemise.

Je ronronne de sentir sa peau sous mes mains, me délecte de la force de ses muscles, soupire d'impatience. Il rit dans mon cou, tiraille ma peau d'un mordillement léger, reprend ma bouche pour me détourner de mon exploration enivrante.

— Alors ?

— Deux mois, avoue-t-il enfin, en me portant dans sa chambre.

Mon couinement de dépit s'éteint sous ses lèvres caressantes, son corps en mouvement, et ses mains sous mes fesses sont un dérivatif à ma surprise. « Deux mois » ? Je veux savoir !

Je m'écarte courageusement, le corps en ébullition.

— Avec qui ? Cindy ?

Il me fait taire d'un baiser goulu, me porte vers le lit où nous nous écroulons, comme deux ados impatients.

— Tomas !

Je le repousse pour tout savoir de ce qu'il me cache. Moi qui croyais tout connaître de lui, je m'affole de découvrir que je ne sais pas tant de choses.

Il se redresse ; sa main, sous mon pull, rampe vers ma poitrine frémissante.

— Je ne couche jamais avec mes administrées, mademoiselle l'institutrice. Ça ne peut que compliquer les choses. Mais je ne suis pas un moine. Une connaissance à Templeton, précise-t-il, le regard planté dans mes yeux écarquillés de déception.

Il sourit effrontément, me couvre de son corps, et sa bouche part à l'assaut de mon cou.

— Mais depuis qu'une institutrice a débarqué dans ma tanière un jour d'orage, ses jolis vêtements à peine plus décents qu'un voile, j'avoue que je me suis laissé distraire, glousse-t-il, le nez perdu entre mes seins. J'adore ton odeur !

Il revient à ma bouche, la couvre d'un baiser voluptueux, d'une sensualité parfaite.

Il m'offre enfin ce que j'attends depuis une éternité, exauce mon rêve le plus fou.

Je l'aime.

Tout est pardonné alors que nous nous dévoilons

l'un à l'autre, que nos corps se donnent avec fougue, s'offrent le plus merveilleux des voyages jamais entrepris.

Il est mon avenir, mon monde, ma nouvelle vie.

Je l'aime.

Et il me prouve que son amour est aussi grand que le mien, que notre passion ne s'éteindra pas avant la fin de l'éternité.

15

Un grondement sourd me réveille en sursaut.

Il faut quelques secondes à mon cœur affolé pour se calmer. Mon cerveau embrumé renaît peu à peu de ses cendres. Cendres divines, issues de la combustion d'un brasier d'enfer. Je suis moulue, des courbatures dans tous les muscles, le corps amolli par des heures de plaisir. Le bras sur ma taille m'enserre étroitement, me colle contre la chaleur du grand corps dans mon dos.

— Bonjour, murmure une bouche exploratrice à mon oreille.

Puis elle descend dans mon cou, dépose des baisers légers sur mes épaules, m'incite à venir cueillir son souffle ardent. Une fois de plus, je brûle de désir, le corps affolé par les mains légères sur ma peau sensible de milliers de caresses. C'est un démon du plaisir, cet homme ! Il m'a fait mourir de mille morts pour me ressusciter aux confins du paradis !

— Bien dormi ?

— Ça veut dire quoi, dormir ?

Il rit de ma plainte lascive, tandis que mes mains se font aussi exploratrices que les siennes.

Le grondement, sorti du tréfonds du bâtiment, s'amplifie, enfle bruyamment, vibre dans l'air. Je me fige, comprenant soudain ce qu'il signifie.

— Tomas ? Tes ouvriers sont…

— C'est moi le patron, grogne-t-il, décidé à faire valoir son statut de chef.

Une bouche vorace fait taire ma protestation. Une fois de plus, il me prouve qu'il peut tout obtenir de moi. Je suis une lavette entre ses bras. Une larve amoureuse folle d'une étoile démoniaque, qui la mène sur les chemins du plaisir partagé.

Nos cœurs s'apaisent à peine de notre salutation matinale, nos bouches sont incapables de se quitter, nos yeux amoureusement soudés.

Qu'est-ce que c'est bon, l'amour !

La sonnerie du téléphone de Tomas nous sort de notre hébétude alanguie, nos corps entremêlés de notre dernière étreinte fougueuse.

Il tend la main pour répondre à l'appel insistant.

— Hum ? grogne-t-il, ses lèvres collées aux miennes. Quoi ?

Il se redresse brusquement, le visage plissé de contrariété.

— Quand ? Maintenant ? J'arrive. Habille-toi ! m'ordonne-t-il en se jetant hors du lit comme une torpille.

— Qu'est-ce qui se passe ?

Je reste hébétée par sa soudaine et brusque activité.

Je m'affole de son visage sombre, de ses yeux brouillés de quelque chose que je ne comprends pas.

— Ton père, lâche-t-il, en jetant mes vêtements froissés sur le lit.

— Mon père ?

Je me glace d'un coup. Son ton sec, son regard fuyant sont pires que des accusations.

— Il est à la chocolaterie. Dépêche-toi ! commande-t-il d'un ton qui a perdu sa douceur habituelle.

La bombe qui vient d'exploser dans ma tête et mon cœur a détruit d'un coup nos instants fabuleux. La porte claque, comme un glas sur mon bonheur. Je me lève, échevelée, m'habille en quatrième vitesse, me demandant ce que mon père a provoqué comme dévastation. Pourquoi faut-il qu'il me gâche la vie ?

La voiture de Tomas tourne au coin de la menuiserie, alors que je sors de son appartement. Les hommes me regardent passer, la mine renfrognée. J'imagine sans peine leurs commentaires dans mon dos, rougis de la honte que j'en ressens. Notre idylle va faire le tour de la ville comme une traînée de poudre. Je fuis à toutes jambes, le cœur à l'envers, l'esprit chamboulé.

Tomas va me détester, me croire, à tort, coupable d'un méfait. Pourquoi papa débarque-t-il alors que tout semblait sur les rails pour la chocolaterie ? Certes, elle n'était pas sauvée, mais l'avenir se révélait plus serein de jour en jour. Pourquoi n'ai-je pas anticipé la catastrophe que je sens poindre ? Peut-être papa m'aurait-il écoutée pour une fois ?

Je fonce sur la route, traverse la ville comme une

furie et me gare devant le magasin à la va-vite. Ils sont tous là dans la boutique, et me regardent débarquer comme si j'étais un fantôme.

— Ma chérie ! s'exclame papa de sa voix de stentor, son sourire de légende à la bouche.

— Qu'est-ce que tu fais là ?

Mon grondement féroce ne l'arrête pas. Il s'approche, me serre dans ses bras, sans que je puisse me soustraire à sa tendre étreinte. Je le repousse, glacée par son sourire de charme, cette joie pétillante annonciatrice, chez lui, d'une nouvelle victoire.

— Qu'est-ce que tu fais là ?

Je scande les mots pour qu'ils s'impriment dans son crâne obtus et qu'il comprenne ma colère.

— Je suis venu constater la pertinence de mon investissement, répond-il en riant.

Je me glace, anéantie par la raison de sa présence que j'espérais de l'ordre d'une simple visite. Son air de plaisantin est insupportable. Comment peut-il détruire des familles entières avec un sourire à la bouche ?

Nancy et Tomas se tiennent côte à côte, tendus. Je ne vois rien, que le sourire de mon père que j'ai envie de lui faire ravaler à coups de poing.

Comment peut-il gâcher ma vie avec autant de plaisir ? N'a-t-il donc pas de cœur ?

— Ne me dis pas que tu as investi dans la chocolaterie ?

— Si, bien sûr.

Mon cri de rage résonne dans la petite boutique. Tout le monde se fige devant ma fureur. J'aimerais casser quelque chose, mais rien n'est à ma portée pour atténuer ma colère.

— Tu ne peux pas ! Tu entends ! Tu n'as pas le droit !

— Pourquoi ? C'est une très belle affaire ! Et puis, comme tu as l'air de te plaire ici, j'ai pensé qu'un petit coup de pouce pourrait être utile. C'est un joli cadeau de Noël, non ?

Je hurle de dépit, de rage, de tout ce qui me détruit le cœur. Un cadeau ? Comment peut-il imaginer une pareille horreur ?

— Je ne veux pas de ton cadeau ! Je déteste les chocolats !

— Depuis quand ? s'étonne-t-il. Tu les as toujours aimés.

Quand donc m'écoutera-t-il ? Une seule fois dans sa vie, prendra-t-il en compte mes désirs ?

— Depuis que tu me gâches la vie ! J'en ai marre de n'être qu'un pantin dont tu tires les ficelles ! J'en ai marre que tu t'octroies le droit de faire de ma vie un enfer. J'en ai marre de ton autoritarisme. J'en ai marre que tu m'étouffes. J'en ai marre de toi ! JE TE DÉTESTE !

Mon hurlement le frappe de paralysie ; ses yeux s'écarquillent sous l'effet d'une stupeur incrédule. Ma révolte explose comme une bombe, foudroie tout sur son passage.

— Bea ! souffle-t-il, anéanti. Je pensais que…

— Arrête de penser pour moi et OUBLIE-MOI !

Mon dernier cri perdure un moment.

Tomas s'avance alors vers moi.

— Bea, tu pourrais peut-être l'écouter ?

J'écarquille les yeux, abasourdie par sa demande. Comment peut-il vouloir que j'écoute celui qui vient de me poignarder dans le dos ? Celui qui vient de faire ce que Tomas redoute depuis des semaines ? Celui qui, une fois de plus, détruit sa vie et celle de Nancy ? Et de toute une ville ? Comment peut-il vouloir que j'écoute celui qui est désormais un traître pour moi ?

Je n'y comprends plus rien.

— NON !

Je me détourne, traverse la boutique comme une tornade.

— Je m'en occupe, monsieur Newel, ai-je le temps de l'entendre dire, avant que la porte ne claque sur mon départ précipité.

Ma voiture rugit à nouveau ; je traverse la ville sans m'arrêter au coup de sifflet du shérif. Qu'il me coure après si ça lui chante ! Les deux cent cinquante chevaux du cabriolet rugissent comme une horde de lions furieux.

Les larmes m'aveuglent ; la détresse m'étouffe.

Pourquoi Tomas se montre-t-il conciliant envers mon père ?

Je m'effraie des pensées qui s'invitent sous mon crâne, essuie mes larmes d'un geste rageur. Je freine dans une éclaboussure de boue, dérape pour stabiliser la voiture contre le porche. Je me réfugie dans la cuisine et me laisse tomber sur une chaise, anéantie par tout ce qui vient de voler en éclats.

Quelques minutes plus tard, Tomas est à la porte,

sa haute silhouette admirablement dessinée dans la clarté matinale.

— Bea…

Il s'invite et s'assoit en face de moi. Ses yeux me supplient de l'écouter.

Sauf que je ne suis pas en état de l'entendre.

Que me cache-t-il depuis des semaines ? Il ne pouvait pas ne pas être au courant des manœuvres déloyales de mon père. Ce que je pressens me terrifie.

— Pourquoi ne m'as-tu rien dit ?

Ma voix éraillée de larmes claque dans le silence de la cuisine.

— Dit quoi ?

— Ne me mens pas ! Tu étais au courant, n'est-ce pas ?

J'en ai la quasi-certitude.

Depuis quand ? La question me torture l'esprit. Depuis quand me ment-il ?

Il soupire, n'osant plus me regarder en face, ni prendre ma main tremblante, comme il l'a fait si souvent par le passé.

— C'est moi qui l'ai contacté, avoue-t-il enfin.

Je me recule sur ma chaise, foudroyée de m'être fait berner. Dire qu'il y a encore quelques heures j'imaginais qu'il était incapable d'être présenté à mon père à cause du passé. Mon ricanement amer meuble le silence. Comme j'ai été stupide !

— Quand ?

C'est la seule chose qui m'importe. Le reste n'a plus

aucune importance, parce que mes yeux viennent de s'ouvrir. Je comprends tout. D'un coup.

— Après le passage de Steve.

Je baisse les yeux pour ne pas lui montrer la douleur qu'il m'inflige.

Évidemment ! Leurs apartés, leurs silences lorsque j'approchais me reviennent en mémoire. Tomas se renseignait sur mon père, et Steve, peu méfiant, ne s'est pas douté du piège. Manipulée… J'ai une fois de plus été manipulée.

— C'est quoi, le deal ?

Tomas hésite à me répondre. Je me fais aussi indifférente que possible, étouffe ma douleur pour affronter la vérité. Crûment.

— Ton père rachète nos dettes et nous aide à la distribution. Il n'est qu'actionnaire dans l'affaire. Nancy reste la propriétaire.

— Qui va diriger la chocolaterie ?

Ma question n'est pas anodine. Il hésite, se détourne pour fuir mon regard inquisiteur.

Un frisson court le long de ma colonne vertébrale.

Comment ai-je pu être aussi gourde ?

— Eh bien… Nancy souhaite lever le pied, alors je… je me suis proposé dans un premier temps.

— Et la menuiserie ?

— Stew aimerait rester à Harrington.

Je hoche la tête, une nouvelle compréhension à l'esprit.

Je ne sais pas ce qui nous a menés à cette catastrophe à part l'ambition que je sens poindre en lui. « Dans un premier temps » résonne en moi comme une alerte.

Qui suis-je pour Tomas ?

La fille de Sean Newel. Un atout dans sa manche pour attendrir mon père afin qu'il lui accorde sans doute plus qu'il n'aurait obtenu sans moi. Il a dû percevoir l'opportunité que j'étais à travers les commentaires de Steve à propos de la tendresse particulière que papa me porte.

Quoi de mieux que de charmer la fille pour obtenir plus du père ? Surtout lorsque la dinde de fille est prête à tout pour exaucer les désirs de l'homme qu'elle aime.

Le tableau est d'une cohérence parfaite ! Un pion. Je n'ai été qu'un pion pour cet homme ambitieux.

Voilà pourquoi il n'a jamais voulu aborder avec moi sa période de directeur de chocolaterie. Parce que j'aurais senti que c'était sa véritable ambition. Redevenir ce qu'il était par le passé.

Soudain, je suis heureuse qu'il ne m'ait jamais dit « Je t'aime ». C'est la seule honnêteté qu'il a eue envers moi. Parce qu'il ne m'aime pas. Il aime ce que je représente, la clé que je suis pour atteindre ses objectifs. Il a joué sur du velours, tant je me suis montrée stupide.

Je dois savoir ce qu'il envisage. Ce qu'il a envisagé.

— Tu vas accepter ?

Il me fixe, les yeux plissés pour tenter de me percer à jour, mais c'est chose impossible. Je me blinde comme un coffre-fort inviolable.

— Nous pourrions en discuter ensemble ?

« Ensemble » ? Le mot me heurte, me déchire le cœur.

— Qu'as-tu prévu ?

J'étouffe ma rage sous le ton anodin d'une conversation sans importance. Il me regarde un long moment, et mon calme apparent le rassure. Il me sourit, les yeux brillant de ses rêves.

— Nous pourrions travailler ensemble ?

— « Travailler ensemble » ?

— Comme collaborateurs ?

Je ne comprends pas où il veut en venir. « Collaborateurs » ? Au moins, le terme a le mérite d'être clair.

— Je ne comprends pas.

Il rit sourdement, prend ma main que je lui abandonne, incapable de la retirer tant je me sens vidée de toute substance ou de révolte.

— Je sais pour le Devil Paradise.

Je cligne des yeux, perturbée par son aveu. C'est une nouvelle pierre sur mon cœur moribond.

— Que sais-tu ?

— Que tu y es pour quelque chose.

— Comment le sais-tu ?

Je ne nie pas, parce que ça n'a plus d'importance. C'est simplement la preuve qu'il est plus malin que moi et qu'il a découvert mon petit tour de passe-passe.

— Ta présence à la chocolaterie lors des deux *accidents*. Je ne l'ai compris que lors de notre dîner avec Steve et Nancy. Je n'avais pas réalisé que tu étais là, lorsque Nancy est venue à la mairie se plaindre de ne pouvoir reproduire le Paradise. C'est Steve qui m'a mis sur la voie. Sans le vouloir. J'ai vérifié sur les fiches de production la date du premier incident. Le jour où tu étais à l'atelier. Un plus un, pour moi, ça fait deux.

Il rit de sa démonstration de fin limier. Aucun doute, il est plus malin que moi.

— Je ne sais pas ce que tu as fait, mais tu as créé une petite merveille.

— Nancy le sait ?

— Non. Je ne lui ai rien dit. C'est à toi de le lui annoncer. Ce chocolat la turlupine depuis des semaines. Les analyses ne sont pas probantes. Elle enrage de ne pas réussir à le produire exactement. Il manque… quelque chose. Si tu pouvais lui donner la recette avant qu'elle ne devienne totalement folle, ce serait charitable de ta part.

— Pourquoi ne me l'as-tu pas simplement demandé ?

Je pose la question, mais je connais la réponse.

Elle est d'une évidence qui éclaire le tableau plus cruellement encore.

Le Devil Paradise aurait sauvé l'entreprise, sans l'aide du groupe Newel, j'en suis persuadée. Mais l'ambition de Tomas est autre. C'est la raison de son rapprochement, de sa *tendresse* à mon égard. Cela ne lui suffit pas ! Il veut plus. Beaucoup plus, et je suis la clé de sa réussite.

Un homme comme lui, à l'affût de la moindre information sur le groupe Newel, a dû entrevoir le désir de papa de se diversifier vers le secteur du chocolat. Non pas le chocolat bas de gamme, mais les sphères du luxe. Une lubie paternelle pour que son nom soit associé à un produit haut de gamme.

Et qui mon père privilégierait-il à la direction de ce nouveau secteur si ce n'est le petit ami de sa fille ?

Fille folle amoureuse au point d'avoir espéré un avenir commun ?

— Je voulais que tu me fasses assez confiance pour me le dire toi-même. Mais si tu avais trop traîné, je t'aurais arraché des aveux avant la Saint-Valentin, plaisante-t-il, sans se rendre compte que ses mots sonnent faux.

Il n'aurait pas eu besoin de « m'arracher des aveux ».

Mon cadeau de Noël pour Nancy était la recette du Devil Paradise. Quelques jours, et il n'aurait pas eu à me jouer la comédie de l'amour !

Je me lève, incapable d'en supporter plus.

Je lui ordonne sèchement de quitter ma maison, puis ricane. Ce n'est plus ma maison. Ma décision est prise. Je ne serai pas une seconde de plus son jouet ou celui de papa.

— Quoi ?

Il se lève, éberlué par la rudesse de mon ordre.

— Va-t'en !

— Bea !

Il tente de m'attraper, mais je mets la table entre nous.

— Désolée, mais je ne joue plus. Tu as eu ce que tu voulais, alors maintenant va-t'en et oublie-moi !

— Qu'est-ce que tu racontes ?

Il perçoit enfin ma détermination sans faille à ne plus être un pantin. Pour personne.

— Ne fais pas l'innocent. Je suis une fille stupide, mais cette fois j'ai tout compris. Dégage de chez moi !

Je gronde de fureur, étouffe mon chagrin dévastateur.

— Qu'est-ce que tu insinues ?

— Je n'insinue rien. Je ne fais que constater les faits. Maintenant, va-t'en. Laisse-moi tranquille. Va conclure ton accord avec mon père et foutez-moi la paix !

Je ne lui laisse pas le temps de répondre. Je traverse la cuisine comme une flèche pour aller m'enfermer dans la chambre. Après quelques minutes de silence, j'entends la porte d'entrée se refermer. Le ronflement rageur de son pick-up et le bruit décroissant du moteur m'avertissent de son départ.

Je me laisse glisser au sol, anéantie. Dire que quelques heures plus tôt j'avais cru vivre un bonheur parfait. Comme quoi, la vie n'est jamais ce qu'on imagine.

Les vannes s'ouvrent, libèrent mes larmes retenues ; mes sanglots trouent le silence de la maison. La larve que j'ai été autrefois aimerait le croire innocent, mais la nouvelle Beatrix ne peut plus y croire. Il y a trop d'indices de sa culpabilité.

Tout concorde parfaitement et éclaire d'un jour nouveau notre histoire.

Pourquoi ne m'a-t-il pas dit « Je t'aime », s'il ressent quelque chose pour moi ? Pourquoi est-il parti si vite, sans même essayer de réfuter mes accusations ?

Parce que, hélas, il ne t'a jamais aimée. C'est la seule vérité ! Tu n'es qu'un pion pour atteindre son but !

Je pleure sur mon amour perdu, sur mon amour fantôme. Je suis la seule à avoir ressenti quelque chose dans cette affaire. Lui n'a fait que jouer à me séduire pour atteindre le sommet du pouvoir.

Un sursaut de révolte me pousse à tout connaître de la vérité.

Je récupère mon téléphone, m'essuie le nez d'une manche tremblante.

— Nancy ?

— Bea ! Écoute, je dois…

— Tais-toi ! Je veux simplement savoir quand tu as reçu les analyses du Devil Paradise.

— Pourquoi veux-tu le savoir ?

— Réponds-moi, c'est tout. Quand les as-tu reçues ?

— Avant-hier. Mais elles ne sont pas concluantes. Pourqu…

Je raccroche, incapable d'en entendre davantage.

« Avant-hier » ? Et non concluantes ?

Mon rire hystérique emplit la maison silencieuse. Voilà la raison de son *amour* soudain après trois semaines de reculade.

Son « je t'aurais fait avouer avant la Saint-Valentin » me revient en mémoire.

Jusqu'où était-il prêt à aller pour découvrir le secret du chocolat ? M'épouser ? Me faire croire à son amour éternel alors que pour lui je n'étais qu'un pion ?

Une simple manœuvre pour me faire croire à un rêve, et en profiter pour m'arracher des aveux : en l'occurrence, le secret de fabrication du Devil. Et au passage devenir le bras droit de mon père !

Je me lève, fourbue, épuisée. Une seule pensée occupe mon esprit.

Partir !

Mes valises sont bouclées en moins de dix minutes. Ma lettre de démission reste en évidence sur la table de la cuisine. J'abandonne tout le reste. Je ne veux garder aucun souvenir de mon épisode « institutrice stupide et assez débile pour croire aux paroles d'un beau merle ».

— Nelly ?

— Bea ? Qu'est-ce qui se passe ?

— Je peux emprunter le chalet de tes parents ?

— Le chalet ? Pourquoi ?

— Je te raconterai. Mais, surtout, tu ne dis rien à personne. Jure-le-moi.

— Pourquoi ?

— Jure !

— OK, OK. Je jure. Je pourrai venir ?

— À condition que tu ne révèles à personne que je suis de retour.

— Tes parents ?

— Encore moins à eux. Tu n'auras qu'à prétendre que tu n'as plus de mes nouvelles. La clé est toujours sous la troisième latte du plancher de la terrasse ?

— Oui. Et il y a de la vodka dans le congélateur.

— Apporte des pizzas. J'ai besoin de me soûler à mort.

— Tu veux que je passe te prendre à l'aéroport ?

— Non. Je rentre en voiture.

— Tu en as pour des heures !

— Cela n'a aucune importance. Et tu ne dis rien !

— Promis, juré, craché. Je joue l'innocence pure. Fais attention à toi, surtout.

— Promis.

Je raccroche, puis démarre sans un regard en arrière.

16

— Tu ne peux pas rester là toute ta vie !

— Pourquoi ?

Le cri de dépit de Nelly ne m'impressionne pas.

Affalée sur le canapé pour le sixième jour consécutif, je sirote une vodka orange. Je suis sur un petit nuage où plus aucune considération d'aucune sorte ne m'atteint. Je deviens ce que j'ai toujours redouté d'être : tante Marcie. Je comprends qu'elle soit alcoolique. C'est grisant de se sentir euphorique en permanence, l'esprit incapable de mettre deux pensées cohérentes bout à bout. Ça assomme mieux qu'un somnifère.

Au moins, comme ça, je ne me désespère plus.

Je râle devant le vol qualifié de mon verre par mon amie furieuse. Ma déchéance ne l'enchante guère. Surtout dans le chalet de ses parents.

Je glousse, roule sur le dos, les jambes en l'air pour pédaler, faire mon sport quotidien. L'avantage de la vodka orange, c'est que je n'ai pas à faire de cuisine. La faim est aux abonnés absents depuis mon arrivée ici. L'inconvénient, c'est que j'ai une perpétuelle envie de faire pipi. Je connais tous les noms des animaux de la tapisserie des toilettes. Je crois même que je pourrais les dessiner les yeux fermés. Je ferme d'ailleurs un œil, trace d'un geste malhabile une grenouille.

Non, pas de grenouille ! Ça me rappelle ce dont je refuse de me souvenir.

— Bea ! me gronde Nelly, déboussolée de ne plus pouvoir me faire réagir ou m'atteindre.

— Non. J'n'irai pas !

— Pense à tes parents.

— Parce que tu crois qu'ils pensent à moi, eux ? J'n'suis qu'une poupée de chiffon, ils n'ont aucune considération pour la Bea que je suis.

— Parce que toi, tu as de la considération pour la Bea que tu es devenue ? Une fille tellement bourrée qu'elle n'est même pas capable de montrer qu'elle est différente.

— Qu'est-ce que t'en sais toi, de Bea ? Hein ? dis-je, furieuse qu'elle m'assomme du même discours depuis trois jours.

— J'en sais que c'est une fille qui ne se laisserait pas couler pour un mec ! s'écrie Nelly en tapant du pied comme une gamine.

Je glousse de la voir se démener comme la chipie qu'elle était enfant. Elle me fait sa colère ! Sauf que ça ne m'a jamais impressionnée.

— Je ne me laisse pas « couler pour un mec ».

Je suis outrée de son jugement inique. Je ne fais que redevenir la larve que j'ai toujours été. Mes ailes ont été sectionnées au laser. Désormais, je ne bougerai plus de mon cocon. Un canapé, une bonne bouteille de vodka, une autre de jus d'orange, des toilettes, c'est tout ce dont j'ai besoin pour être heureuse.

— Tant pis, tu l'auras voulu ! me menace-t-elle, en dégainant son téléphone.

— Qu'est-ce que tu fais ?

Elle porte l'appareil à son oreille, et sa mine d'irréductible soldeuse prête à tuer me fait craindre le pire.

— Salut, c'est Nelly. Elle est au chalet de mes parents. Ivre.

Je ne perçois pas les paroles, à l'autre bout du fil.

— Ne t'en fais pas, reprend Nelly en me fixant de ses yeux d'assassin en série et souriant d'un air carnassier.

— Qui as-tu appelé ?

Elle ne me répond pas, ferme la porte du chalet à double tour pour que je ne me sauve pas. Je ne suis pas certaine d'en être capable. Le sol tangue. Normal, près d'un lac !

— Maintenant, va prendre une douche, m'ordonne-t-elle, en volant ma bouteille d'alcool pour la vider dans l'évier.

— Tu sais combien elle m'a coûté ?

Je proteste qu'elle jette par les fenêtres 25 dollars d'un alcool médiocre. La vodka de luxe n'est plus dans mes moyens.

— Va prendre une douche ! répète-t-elle. Tu pues le fennec.

— Moi ? « Le fennec » ?

Je sens mes aisselles, grimace devant l'odeur aigre surchargée d'alcool. Même un fennec sent meilleur que moi. Je grommelle, me lève lentement pour éviter le tournis et la nausée. Je me stabilise tant bien que mal, m'agrippe au dossier du canapé pour en faire le tour. La salle de bains me paraît à l'autre bout de la terre. Je flageole, me rattrape aux meubles, tangue, louvoie comme un bateau en pleine tempête. Ma danse ivre me fait glousser. C'est marrant ! Mieux que les montagnes russes !

Nelly se décide à me rattraper avant que je ne m'écroule. Ma déambulation est stoppée net par le manque de soutien mobilier. Elle me force à la suivre dans la salle de bains, me déshabille entièrement. Ses mains me chatouillent. Mes gloussements répondent à ses grommellements furieux contre « les filles stupides, ivres comme des outres ».

L'eau froide me fait hurler des imprécations.

— Il serait peut-être temps que tu agisses en adulte ! m'assène-t-elle d'un ton dédaigneux, en m'abandonnant sous l'eau froide.

Je grelotte un long moment avant que mon cerveau n'ait l'idée de commander à ma main de tourner le robinet d'eau chaude. Je me laisse alors glisser dans le fond de la douche, me recroqueville sur moi-même, m'offre à la caresse de l'eau chaude.

Je n'ai plus de larmes depuis des jours. Huit heures de route, aveuglée par les sanglots, ont tari mon désespoir. Les quatre heures suivantes n'ont été qu'un trou noir. Deux panneaux emboutis, une boîte aux lettres renversée, une camionnette éraflée ont rendu ma voiture méconnaissable. Le seul phare encore valide à mon arrivée au chalet a éclairé chichement mon refuge.

J'ai ri comme une folle en pensant aux amendes que le shérif Lewis aurait pu m'infliger. Quatre ou six cents dollars, en fonction de son humeur.

Je me suis écroulée sur le canapé, rompue de fatigue, incapable de fermer l'œil ou de dormir. Douze heures de route sans m'arrêter, à part pour faire un plein d'essence et me soulager, m'avaient épuisée. Pas assez cependant pour effacer les souvenirs.

Mon téléphone est resté quelque part sur la route, lancé par la fenêtre pour que je n'entende plus la sonnerie, messagère d'appels. Une bouteille de vodka m'a réconfortée avant que Nelly ne débarque.

J'ai avoué. Tout. Sans rien omettre.

Ensuite, je me suis soûlée pour ne plus rien entendre, ne plus penser, ne plus avoir mal.

— Viens !

La voix douce de Nelly me sort de mon hébétude. Elle me relève, m'enveloppe dans un peignoir, serre contre elle mon corps secoué des sanglots que je ne peux plus retenir.

— Il faut manger un peu, ajoute-t-elle en me guidant vers la cuisine.

Je grogne de découvrir Steve aux fourneaux. Il me regarde sévèrement, sans un seul de ses sourires enchanteurs, les yeux plissés d'une sombre colère.

— Mange ! m'ordonne-t-il sèchement, en posant une assiette d'œufs au bacon devant moi.

— J'n'ai pas faim.

— Mange, sinon je te gave ! me menace-t-il d'une voix grondante.

Mon estomac se révulse dès la première bouchée. Je me précipite aux toilettes, expulse douloureusement ma beuverie de l'après-midi. Puis je reste là, assise au pied des toilettes, nauséeuse, incapable de bouger ou même de le vouloir.

Steve intervient et me soulève pour me porter sur le canapé.

— Il faut que tu manges un peu…

Cette fois, son ton est moins sévère ; il semble attristé de me voir dans une telle déchéance.

— Que s'est-il passé ? me demande-t-il, en me tendant un gâteau sec.

Un Newel. Je repousse le petit gâteau qui me dégoûte. Il soupire de dépit, se relève, puis revient avec un pot de glace au chocolat, éclats de noisettes et nougat. Il me le tend et attend que je me décide à sucer une cuillère de ce qui est ma gourmandise préférée. Je renifle dans le pot.

— Pourquoi te caches-tu depuis huit jours ?

— Je ne me cache pas.

— Vraiment ? Tu refuses tous les appels de tes parents. Tu ne donnes aucune nouvelle et tu disparais mystérieusement de Harrington sans même avertir qui que ce soit. Tes parents sont morts d'inquiétude. Ils ont cru à un accident et, si Nelly ne m'avait pas averti que tu allais bien, ton père réclamait l'intervention de la garde nationale. Alors, excuse-moi de ne pas être d'accord avec toi sur l'importance de ton épisode de cache-cache. Maintenant, explique-moi !

Il est furieux, sa voix gronde dans ma tête lourde.

— Laisse-moi tranquille !

— Certainement pas ! Pas avant que tu ne m'expliques pourquoi tu te soûles comme une ivrogne.

— Parce que je suis tante Marcie.

Il me regarde, perplexe, puis interroge du regard Nelly, qui hausse les épaules.

— Il serait temps que tu agisses en adulte, martèle-t-il distinctement, de peur que je ne comprenne pas tous les mots.

Je me rebiffe.

— Pourquoi voudrais-tu que je le fasse, puisque je ne suis qu'un pantin pour tout le monde ? Vous tirez tous sur les ficelles pour me faire faire ce que vous voulez. Personne n'en a rien à faire de ce que je veux, moi !

— C'est faux. Tu le sais.

— Non, c'est vrai. La preuve, vous ne voulez pas me laisser me soûler en paix !

Je ricane méchamment de son air mécontent.

— Si j'avais su que mon don de moelle servirait à une fille aussi lamentable que toi, je me serais abstenu, lâche-t-il d'un ton sévère.

J'écarquille les yeux, profondément blessée par ces mots durs. Les larmes affluent à mes yeux.

— C'est méchant !

— Réaliste, réplique-t-il sans douceur, les yeux flamboyant d'une colère sourde.

Il pense ce qu'il vient de dire. Je hoquette, désemparée d'avoir perdu son amitié.

— Est-ce que tu as seulement une idée de ce que tes parents ont vécu pendant six ans ? La terreur permanente de te perdre, la culpabilité d'être responsables de ta maladie. Ils ont délaissé ton frère et ta sœur pour toi. Ils t'ont donné un amour infini, et toi, qu'est-ce que tu fais ? Tu dis à ton père que tu le détestes et tu disparais dans la nature sans donner signe de vie. Tu voulais les tuer ? Les punir de ta propre incapacité à affronter les épreuves de la vie ? Merde, Bea ! Quand est-ce que tu vas te réveiller et agir en femme responsable ? Arrête de prétendre que les autres t'étouffent ! Tu t'étouffes toi-même parce que tu as peur de vivre, de ressentir des choses fortes, de souffrir. Nous souffrons tous, un jour ou l'autre. Mais nous nous battons, nous nous relevons et nous faisons face. Toi, tu t'enterres !

Il gronde, se lève, sort du chalet précipitamment, le visage ravagé par la fureur de me voir plus inerte qu'une larve. Je pleure silencieusement, les yeux fixés sur la porte, le cœur dévasté de l'avoir perdu.

Nelly s'assoit près de moi, me prend dans ses bras et me berce comme elle seule a toujours su le faire.

— Il t'aime beaucoup, tu sais. Il est surtout furieux après lui.

— Pourquoi ?

Mon hoquet traverse mes larmes.

— C'est lui qui a donné à Nancy l'idée de contacter ton père à propos de la chocolaterie. Il en a parlé avec Tomas et, de fil en aiguille, le Devil est venu sur le tapis. Tu sais comme il peut être perspicace, il a compris ton implication dans cette nouvelle recette et en a fait part à Tomas. Je crois qu'il se sent mal d'avoir provoqué tout cet… imbroglio. Peut-être qu'il pensait que Tomas et toi…

— Tu lui as tout raconté ?

Je m'offusque qu'elle ait dévoilé tous mes secrets, confiés sous une dose massive d'alcool.

— Non ! Je n'ai rien dit, mais tu le connais… Il est pire qu'un chien de chasse, cet homme.

Elle me redresse, écarte mes cheveux de mes joues trempées de larmes. Elle me sourit de son sourire de madone italienne, caresse ma joue délicatement.

— Tu n'es pas une larve. Et tu ne ressembleras jamais à tante Marcie. Tu as du courage, plus que tu ne le crois. Je t'admire, tu sais. Vouloir changer de vie comme tu l'as fait en y étant si peu préparée, c'est une sacrée aventure ! Tu y as fait face, même si tu as assassiné un nombre important d'appareils innocents.

Sa blague la fait glousser.

— Pense aux enfants que tu as aidés. Eux n'ont jamais porté de jugement sur toi. Ils t'ont vue telle que tu es. Eux seuls sont importants. Il faut que tu continues sur ce chemin-là. Ici ou ailleurs, mais ne laisse pas Tomas détruire ce que tu es devenue. Pas l'alcoolique, mais celle qui s'est démenée pour ses élèves. Tu ne peux pas les abandonner. Pas maintenant, déclare-t-elle en se levant pour me laisser réfléchir à cette partie de l'équation que j'ai occultée.

Les enfants.

— À demain. Je t'apporterai de quoi faire bonne figure au bal de Noël. J'avertis tes parents que tu y seras.

— Non !

— Si. Ta période autruche est terminée. De toute manière, tu vas devoir déménager. Clyde et ses potes arrivent demain soir. Si tu ne veux pas devenir leur poupée gonflable, il est préférable que tu quittes les lieux ! Sois sage et ne tue pas Steve dans un accès de rage envers les hommes, conclut-elle en m'embrassant sur la joue.

Elle glousse de nouveau, disparaît à son tour. Je me sens abandonnée, vidée comme si on m'avait sucée de l'intérieur. Le pot de glace fondue dégouline sur mes genoux, sans que je réagisse, les yeux fixés sur la tache sombre qui s'agrandit.

— Excuse-moi, Bea, soupire Steve, revenu sans bruit.

Il me serre dans ses bras avec force pour me faire sentir qu'il est là pour moi. Je pleure à nouveau, enfouis la tête dans sa poitrine.

Pourquoi ne m'aime-t-il pas ? Nous serions parfaitement heureux, tous les deux !

— Pourquoi tu ne m'aimes pas, Steve ?

— Je t'aime, tu le sais.

— Non, pas comme ça.

Il rit, essuie mes joues de ses mains froides.

— Parce que tu es trop compliquée pour moi.

— Moi ? « Compliquée » ? Je suis une larve obéissante, béate d'admiration, au contraire. Tu es mon dieu.

— Je ne veux pas être un dieu pour la femme que j'aime, mais un compagnon de route, un soutien, un homme avec ses faiblesses ou ses doutes. Tu demandes trop, Bea. Et tu es loin d'être « une larve obéissante ». Qu'est-ce qui s'est passé avec Tomas ?

Je grogne, recule pour me pelotonner sous mon plaid chaud, les yeux perdus dans la petite flambée de la cheminée. J'ai réussi à en allumer une, hier soir, sans mettre le chalet à feu et à sang. La tirette m'a rappelé une autre tirette, des mots taquins, un regard malicieux, un sourire ironique.

— Rien !

— « Rien » ? Tu quittes Harrington comme une voleuse, tu plantes ton père sans rien dire et il n'y a rien ?

— Il m'a utilisée.

— « Utilisée » ? Comment ça ? s'étonne Steve, les sourcils froncés d'incompréhension. Il m'avait pourtant semblé qu'il t'appréciait.

— Uniquement à cause du chocolat et de papa.

— Explique-toi.

— Il voulait redevenir directeur, c'est tout. Et pourquoi pas directeur du secteur chocolat de la Newel.

— Et la menuiserie ?

— Elle appartient à la femme de son frère, et Stewart a l'intention d'en reprendre la direction. Il n'y a pas de boulot pour deux. Il fallait bien qu'il trouve une porte de sortie. C'était moi.

— Je ne comprends pas. C'est moi qui lui ai suggéré un partenariat avec ton père. Il ne l'envisageait pas et Nancy a dû batailler pour lui faire entendre raison.

— Une fois qu'il a compris ce qu'il pouvait en tirer, crois-moi, il n'a pas fait le difficile !

— Vous en avez parlé ?

— Oui ! Je ne l'ai intéressée que parce que les analyses du Devil Paradise n'étaient pas concluantes. Je connais papa. Il n'aurait pas accepté d'investir dans la chocolaterie sans la certitude qu'il y gagnerait encore plus ! Le carton qu'a fait le Devil est la raison pour laquelle il a accepté de les aider. Sauf que, sans moi, il n'y a pas de Devil ! Tomas le sait. C'est la seule raison qui l'a fait s'intéresser à moi et…

Je tais la vérité crue qui me déchire le cœur.

— Il te l'a dit ?

— Oui. Il a eu au moins cette honnêteté-là. Pour lui, je ne suis que la poule aux œufs d'or. Mais la poule n'a pas l'intention de passer pour une dinde ! La recette du Devil, ils ne l'auront jamais !

Steve reste silencieux, pensif, le regard fixé sur mon visage bougon. Avec moins d'alcool dans le sang, une partie de mon cerveau retrouve sa hargne passée. Je le déteste !

— Tu l'aimes ? demande-t-il doucement, attentif à ma soudaine rage désespérée.

— Je le déteste !

Mon hoquet est un aveu du contraire.

— On ne déteste que ce qu'on aime, dit-il en me prenant dans ses bras.

— Lui ne m'aime pas, de toute manière.

— Qu'en sais-tu ?

— Il ne me l'a jamais dit. Et il ne voulait pas coucher avec moi.

— Oh ! Et d'après toi, si un homme refuse de coucher avec une femme, c'est parce qu'il ne l'aime pas ?

— Oui.

— C'est un peu réducteur, non ?

— Non. Il m'a toujours détestée. Il me l'a dit. Le premier jour. Et après. Il n'a couché avec moi que parce qu'il n'avait pas couché avec une fille depuis deux mois. Simple question d'hygiène.

— « Simple question d'hygiène » ? Intéressant, ta vision d'une relation entre un homme et une femme…

Steve se moque de moi, je le sens dans sa voix, et ça m'énerve. Il se moque de ma stupidité de femme follement amoureuse d'un homme indifférent.

— Il me l'aurait dit, sinon !

— Quoi ?

— « Je t'aime. » Il ne me l'a jamais dit !

— Et toi ? Tu le lui as dit ?

— Je n'avais pas besoin de le lui dire. Il le savait très bien !

— Et toi ? Tu as cru qu'il t'aimait ? Tu l'as pensé ?

— Oui… non… Il ne m'aime pas, dis-je d'une voix mouillée de larmes.

C'est dur de se l'entendre formuler, mais c'est libérateur. Je dois tourner la page, passer à autre chose.

Je n'ai été qu'un tremplin pour la carrière de Tomas Harper. Salaud !

17

— Ma chérie ! Tu nous as fait si peur !

Mon père me serre contre lui, le visage marqué par l'inquiétude. Il soupire de soulagement en me caressant la joue.

— Je suis une grande fille, papa. Je sais prendre soin de moi, dis-je, fermement décidée à ce qu'il n'empiète plus sur ma vie ou ne me croie à l'agonie, parce que je ne leur donne pas de nouvelles pendant une semaine.

Je ne vais certainement pas lui avouer que je prends soin de moi de manière assez aléatoire. Ma crise alcoolique s'est terminée en déprime larmoyante, dans les bras de Steve. Il m'a forcée à manger, à me laver, à faire une promenade au grand air, avant de me confier à Nelly pour une remise en état de la loque que j'étais. Coiffeur, manucure, massage, bain bouillonnant, maquilleuse, toute une panoplie de soins qui m'a redonné visage humain.

Je suis à nouveau Beatrix Newel, fille de Sean Newel.

Maman me serre contre elle, attendrie mais souriant de son sourire chaleureux et confiant.

— Je suis fière de toi, ma chérie. Ton blog sur l'école de Harrington est vraiment très bien. Les enfants ont l'air si gentils !

Je glousse. Heureusement que je n'ai pas posté les photos de guerre de la première semaine ! Son opinion serait différente. Mais son compliment me fait chaud au cœur. Elle me soutient, comme toujours.

— Et ce concours pour créer un chocolat de Noël, quelle idée fabuleuse ! J'adore ce petit cœur croqué avec son bonnet de Noël. J'en ai offert à toutes nos connaissances. Il est délicieux, d'une finesse parfaite pour Noël.

Je souris à ce rappel de notre concours local, qui a remporté un vif succès. Gaby et Ethan se sont vu attribuer leur poids en chocolat avec leur création « Cœur croqué ». Un cœur dodu, surmonté d'un bonnet de Père Noël, une marque de mâchoire dans le haut du cœur. Pour eux, c'était le symbole de Noël. Un cœur qu'on partage, en le croquant à pleines dents.

Papa me regarde avec circonspection. Parler chocolat revient à mettre sur le tapis la chocolaterie de Nancy. J'évite le sujet pour ne pas entendre des commentaires auxquels je serais incapable de faire face. La crise Tomas est loin d'être oubliée.

J'en ai pour quelques semaines, me dis-je pour m'encourager à ne pas me laisser entraîner dans un nouvel épisode alcoolique. Je regrette mon refuge perdu dans les bois, mais les mots durs de Steve m'ont blessée. Je déteste qu'il ne me voie plus comme sa petite princesse, mais qu'il m'assimile à une fille orgueilleuse et insensible aux autres.

— Salut, poupée !

Steve me saisit par la taille et me fait tourner sur moi-même. Uniquement pour vérifier que je ne me suis pas enivrée au buffet. Il y a largement de quoi se soûler en moins d'une demi-heure. Ce test fait, il m'embrasse sur la joue, me fait tourner une nouvelle fois, le rire aux lèvres.

— Bonsoir, Sean, bonsoir, Vera.

— Bonsoir, Steve. Où est ton amie ? lui demande maman en regardant autour d'elle avec attention.

Son sourire se fait tendre lorsqu'elle repère la fameuse amie. Je le regarde, ébahie qu'il ne m'ait rien dit. Il me ferme la bouche d'un baiser rapide, rigole comme un imbécile, le regard fuyant.

Qu'est-ce que c'est que cette histoire ?

Je me retourne, cherche des yeux l'objet du délit. Je me fige alors, le cœur à l'arrêt, le souffle bloqué dans la poitrine.

J'avais raison d'imaginer que Tomas ferait merveille à une réception de cet acabit. Il prend toute la place, attire irrémédiablement tous les regards, sa haute silhouette admirablement mise en valeur par un smoking d'une élégance parfaite. Un roi. Un roi sauvage, à l'aura palpable. Tout comme son regard qui me happe, farouche, déterminé.

— Qu'est-ce qu'il fait là ?

Mon murmure passe difficilement ma gorge serrée.

— Il accompagne ma dulcinée, répond Steve en

souriant, le regard fixé sur une Nancy rayonnante de bonheur.

— Quoi ?

Je lâche le regard de Tomas, pour fixer le visage serein de Steve.

— Nancy m'accompagne pour ma prochaine campagne de dons, m'explique-t-il alors, comme si l'information était anodine.

J'en reste les bras ballants, désemparée de n'avoir rien deviné. Je savais Nancy sous le charme de Steve, mais ne me suis doutée de rien à son propos.

— Les hommes sont des créatures particulièrement difficiles à cerner, mademoiselle Newel, dit-il en m'embrassant sur la joue.

Puis il ajoute, me poussant vers Tomas qui nous a rejoints :

— Laisse-lui une chance…

Tomas ne prend pas le temps de saluer mes parents, ni de me laisser embrasser Nancy. Il m'attrape par le bras et m'entraîne.

— Lâche-moi !

Je me défends maladroitement. Mes chaussures à très hauts talons sont inadaptées à un freinage d'urgence.

— Certainement pas ! gronde-t-il de cette voix coléreuse dont j'ai si souvent entendu l'accent de rudesse.

— Je vais crier, dis-je pour le prévenir que je suis capable d'un esclandre.

— Vas-y alors, ne te prive pas ! Je dirai que c'est à cause de la souris sous le buffet.

— « Une souris » ?

Je couine, fais un bond de côté de peur que la sale bête ne m'attaque. Il sourit de son sourire de fauve mangeur d'idiote.

— Menteur !

— Je ne mens jamais. Pas comme d'autres !

— Tu m'accuses ?

— Oui. De diffamation.

— De…

Je hoquette, outrée. Mais il m'entraîne toujours plus loin, sans que personne puisse l'arrêter. Il ouvre la porte-fenêtre de la terrasse, me force à en franchir le seuil, sans tenir compte du froid qui règne dehors. Ma robe n'est pas prévue pour affronter ce froid polaire descendu du Canada et annonciateur de neige.

— De diffamation ! répète-t-il en se tournant vers moi, le visage empreint d'une colère sourde.

— À quel sujet ?

Je grelotte, mais n'ai nullement l'intention de lui faire le plaisir d'avouer quoi que ce soit.

— Tu affirmes que je t'ai utilisée pour obtenir un poste dans la société de ton père.

Je déteste Steve ! Comment a-t-il pu dévoiler à Tomas ce que je lui ai confié comme un secret ? C'est un traître. Et moi, un pantin entre leurs mains !

Je gronde de fureur, me redresse, le corps tendu par le froid sibérien.

— C'est faux peut-être ? Papa est actionnaire de la chocolaterie et toi, tu as accepté le poste de directeur. Excuse-moi de ne dire que ce qui est la vérité !

— Ce n'est pas comme ça que ça s'est passé.

— Peu importe ! C'est le résultat qui compte. Tu as eu ce que tu voulais avec, en prime, une petite aventure avec la fille du patron. Gagnant sur tous les tableaux. Dommage que la nunuche ne soit pas aussi idiote que tu l'avais espéré ! Si tu veux le poste de directeur général du secteur chocolat, ne compte pas sur moi pour te donner un coup de pouce. Je suis contre les promotions canapé.

Il se rapproche, les yeux — et quels yeux ! — brûlant de fureur. Mon couinement de peur se coince dans ma gorge frigorifiée.

Je me reprends, me redresse, l'affronte, aussi hautaine que possible. Une bonne dose de vodka serait la bienvenue, mais je n'en ai pas sous la main. Et pas même un serveur en vue sur cette maudite terrasse gelée !

— Tu crois que c'est pour ça que j'ai couché avec toi ?

— Oui.

— Tu es encore plus idiote que je ne le pensais.

Il m'insulte, et n'en montre aucun remords.

— « Idiote », moi ? Alors que je sais que tu n'as couché avec moi que pour obtenir la recette du Devil ? Mais je ne vous la donnerai jamais ! Tu entends, jamais !

— Tant mieux. Comme ça, je serai obligé de te torturer !

— Me… « torturer » ?

Il me coince contre le mur d'un froid d'iceberg, se colle à moi, le regard ardent, la mine plus dangereuse qu'un loup prêt à mordre.

— Oui. Pendant des jours. Jusqu'à ce que tu avoues.

— Je n'avouerai jamais.

Je chevrote et son sourire de grand carnassier s'agrandit. Je déglutis, affolée par sa chaleur diffuse, son parfum dont je connais la douce fragrance.

— Oh si, tu avoueras, fais-moi confiance ! Je suis un bourreau très astucieux, murmure-t-il au coin de ma bouche, son souffle chaud une torture dont mon corps flambe d'un coup.

— Et moi, je suis très résistante.

Je bafouille, troublée par sa proximité. Je ne peux pas bouger, ses deux mains, plaquées de part et d'autre de ma tête, m'emprisonnent plus sûrement qu'une grille de fer.

— Même face à une souris ? Une pièce pleine de souris ? Qu'est-ce que tu en dis ? Ou des araignées. Les très grosses et très velues, plus grosses qu'un lapin, chuchote-t-il à mon oreille, son visage à fleur de ma peau glacée.

Je brûle à l'intérieur, suis glacée à l'extérieur, affolée par ce qu'il est capable de provoquer par sa simple présence.

Il ne t'aime pas ! Il veut simplement la recette !

Le « Laisse-lui une chance » de Steve a ouvert des portes qui auraient dû rester fermées. Je m'applique donc à les repousser mentalement, pour ne pas sombrer dans ce qui serait cette fois plus catastrophique que l'épisode « institutrice débile envoûtée par un vaurien ».

— Tu es là pour ça ? Pour la recette ? dis-je, en le repoussant, afin de ne pas le laisser m'engluer dans sa toile, comme l'araignée qu'il est.

Toile qu'il tisse autour de moi pour m'anesthésier, me

faire mourir à petit feu, me dévorer. Le peu d'orgueil qui me reste me pousse à l'écarter définitivement.

— Oui.

Ce « oui » franc tombe comme un couperet. Sa franchise me tord le cœur.

— Je te la donnerai. Maintenant, laisse-moi tranquille.

— Pas question ! Nous n'en avons pas terminé tous les deux.

— Débrouille-toi avec mon père pour le reste et fous-moi la paix.

— Ton père n'est pas concerné par le reste, comme tu dis. C'est entre toi et moi.

— Il n'y a rien entre toi et moi !

— Au contraire. Il y a tout. Tu ne vas pas m'échapper cette fois. Tu as un préavis de un mois à honorer, à l'école. Alors, tu vas finir ton mois, tu m'entends ? Tu ne partiras pas avant d'avoir terminé ton boulot.

— Si je veux !

— Hum ? Rébellion ? C'est passible du cachot, ça !

— Du… On n'est plus au Moyen Âge !

Je bredouille. Sa bouche est trop proche de mon visage.

— Dommage. Les anciens avaient de très bonnes pratiques pour mater les femmes récalcitrantes.

— Quoi ?

— Ils les attachaient, les affamaient jusqu'à ce qu'elles promettent d'être obéissantes et soumises.

— Je ne serai jamais « obéissante et soumise » !

Je m'insurge, le souffle court, la poitrine bloquée par la peur que sa voix, devenue caressante, instille en moi.

— J'en suis certain. Tu es bornée comme une mule.

— « Bornée » ? Moi ?

— Oui. Très bornée. Bornée et vexante. Tu m'as traité d'arriviste.

— C'est ce que tu es ! Tu as profité de moi.

— Oh oui ! J'ai profité de toi et j'ai bien l'intention de récidiver.

— De…

— Tu as très bien entendu.

— Je ne veux pas !

— En es-tu certaine ? murmure-t-il, avant de m'embrasser d'un baiser fougueux, vorace, punitif.

Je le repousse, affolée de le vouloir, les larmes au bord des paupières de me sentir si faible face à lui. C'est un démon qui va me brûler vive.

— Je t'aime, Bea, souffle-t-il d'une voix hachée, ses yeux plantés dans mes yeux clignotants. Laisse-nous une chance, s'il te plaît.

Je ne suis pas certaine de vouloir le croire, m'effraie de ce sentiment puissant réveillé par sa tendre supplique. Ma passivité frigorifiée l'énerve.

— Dis quelque chose !

— J'ai froid.

Je grelotte, incapable de trouver la force de me battre. Il ôte sa veste, m'enveloppe délicatement, me soulève dans ses bras pour me porter vers une porte-fenêtre. Il traverse le petit salon vide, m'emporte je ne sais où. Je me love dans sa chaleur, heureuse d'être là.

Je ferme les yeux pour ne plus sentir que lui. C'est

plus fort que ça ne l'a jamais été. Je retrouve ce que j'ai perdu, ce qui m'a tant fait souffrir.

Un ascenseur, un couloir, une porte, ses pas étouffés sur la moquette épaisse, le cuir doux et odorant d'un canapé.

— Bois !

Sa voix me sort de mon songe de paradis.

J'ouvre les yeux, contemple son visage inquiet. Mes mains tremblantes saisissent le verre qu'il me tend. L'alcool fort me brûle la gorge, me réchauffe d'un trait de feu.

Je tremble, non plus de froid, mais d'un bonheur que je touche du doigt.

— Pourquoi ne me l'as-tu jamais dit ?

— Et toi ? Pourquoi ne le dis-tu pas ?

Je cligne des yeux, hébétée par ces quelques mots. Il me fixe, tendu, inquiet, dans l'attente des mots dont nous sommes si avares. Je prolonge son supplice de quelques secondes.

— Je t'aime, Tomas.

Il me sourit — le sourire le plus beau de sa panoplie —, et m'enlace tendrement pour m'embrasser.

— Pourquoi ne me l'as-tu pas dit ?

— Parce que en général ce sont les femmes qui le disent les premières.

Je le regarde, désemparée.

— Vous êtes de vraies guimauves ! Un simple baiser et vous nous noyez sous des « Je t'aime » !

— Ne me dis pas que tu attendais que je le dise la première ?

Il se chiffonne, détourne mon attention par des baisers sur mon visage, dévore mes lèvres pour les réchauffer. Je l'écarte, le cœur battant à cent à l'heure, émerveillée de le découvrir sentimental, lui, l'homme sauvage à l'aura si puissante.

Mon bûcheron a le cœur tendre ! J'adore !

— Tomas !

Je le presse, espère cette explication depuis des semaines, mais n'ai jamais osé le lui dire, de peur de le bousculer. Son « prenons le temps de nous connaître », après notre premier baiser, a été pour moi une barrière que je n'ai pas osé franchir ; j'avais trop peur qu'il déclare qu'il n'éprouvait pour moi qu'une attirance physique.

— Je pensais que tu m'aimais, mais tu ne l'as jamais dit. Même pas cette nuit-là. Ensuite, tu m'as chassé en m'accusant de je ne sais quoi. Je n'ai pas compris. J'ai préféré te laisser tranquille, pour que nous puissions en discuter calmement plus tard. Mais tu t'es enfuie en donnant ta démission. Comme ça. Sans même vouloir t'expliquer. Et tu as refusé mes appels.

— J'ai jeté mon téléphone sur la route, dis-je d'une petite voix contrite.

Je prends son visage entre mes mains pour admirer son regard tout plissé de contrariété.

Je glousse devant son soupir découragé. Il m'embrasse pour me punir, et son baiser farouche est la plus réjouissante des punitions. J'adore. Mais je veux tout savoir de ce que j'ignore encore.

— Pourquoi as-tu contacté papa ?

— Ce n'est pas moi. J'étais contre ce partenariat,

mais Nancy m'a fait comprendre les limites de notre activité. L'augmentation de la demande nous a fait prendre conscience de notre faiblesse de distribution. Ce n'est pas le tout d'avoir un bon chocolat, encore faut-il pouvoir le distribuer. Seuls, nous ne sommes pas assez solides. Nous en avons pris conscience avec le Devil Paradise. Et nous ne pouvions consciemment pas laisser passer une occasion de permettre à la ville de s'en sortir.

— Pourquoi ne m'en as-tu pas parlé ?

— Tant qu'une négociation n'est pas définitivement signée, je préfère garder le secret. C'est pour ça que je voulais te rejoindre ici. Pour tout t'expliquer. Ton père a cru bien faire en débarquant à Harrington.

— Il a tout gâché !

— Non, c'est toi qui as « tout gâché » !

— Moi ?

— Oui, toi. Tu vas devoir apprendre à écouter avant de t'emballer comme une mule bornée. Je regrette de n'avoir pas su gagner ta confiance ; j'aurais aimé que tu me parles spontanément du Devil.

— Tu avais toute ma confiance, seulement, je voulais offrir la recette à Nancy en cadeau de Noël. Pour te prouver que je n'étais pas une espionne à la solde de mon père. Finalement, c'était toi l'espion ?

Je glousse face à la réalité de notre situation. Il soupire et me serre contre lui tendrement.

— Il est temps que nous apprenions à nous faire confiance et à parler, tu ne crois pas ?

— Tu as d'autres choses à m'avouer ?

— Oui. Je n'ai nullement l'intention de devenir directeur du secteur chocolat de la Newel. Stewart ne repart pas, mais il y a assez de travail pour deux à la menuiserie. Je serai directeur de la chocolaterie par intérim, lorsque Nancy sera absente.

— C'est sérieux, Steve et elle ?

— Je crois que oui. Il a débarqué à Harrington lorsque Nancy l'a appelé parce que ton père devenait fou d'inquiétude. Il a été le seul à pouvoir le calmer et à lui faire entendre raison ! Tu sais que ton père était prêt à appeler la garde nationale ?

Je hausse les épaules et m'excuse d'un sourire contrit. Il soupire à nouveau contre mes lèvres, puis m'embrasse d'un long baiser enivrant. Je le repousse pour ne pas me laisser distraire, car il me doit encore des explications.

— Pourquoi Steve ne m'a rien dit ?

Il rit de mon air chagrin, un brin de jalousie dans le regard.

— Tu ne te serais pas sauvée, Nancy te l'aurait sans doute confié. En réalité, rien n'était vraiment décidé, mais ta fugue leur a fait prendre conscience que les hésitations sont inutiles et qu'il vaut mieux se lancer. Quitte à se prendre une raclée ! grogne-t-il d'un air bougon.

— Je suis désolée.

Je l'embrasse pour me faire pardonner, mais ne peux m'empêcher de revenir sur un point.

— Steve est un pigeon voyageur, ton intérim risque d'être permanent.

— Non. Steve veut se poser. Il adore ce qu'il fait,

mais il souhaite construire une famille. Et s'il ne t'a rien dit, c'est parce que c'est un secret. Il veut en faire la surprise à Nancy, après la campagne de dons. Je suis chargé de leur construire leur futur nid et, par la même occasion, le nouveau siège social de la fondation.

— À Harrington ?

— Oui.

— C'est génial !

— Oui, mais chut ! Ne me fais pas regretter de te l'avoir dit, me gronde Tomas en posant ses lèvres sur les miennes, pour que j'avale le secret et ne le divulgue pas.

— Et moi, dans tout ça ? Que va-t-il se passer quand l'instituteur reviendra ?

— Nous allons ouvrir une deuxième classe. C'était en projet depuis longtemps, mais nos fonds ne nous le permettaient pas. Avec le déplacement du siège social de la fondation, nous pouvons espérer attirer de jeunes ménages. Nancy prévoit de verser une partie des bénéfices des ventes de la chocolaterie pour l'école. Après tout, c'est grâce à toi, si Harrington va s'en sortir.

— Je ne suis pas certaine que tout le monde apprécie.

Il rit, bécote mes lèvres tordues par une moue perplexe.

— Au fait, ton délit de fuite doit être jugé la semaine prochaine. Tu risques d'écoper d'une peine de prison avec sursis ou de travaux d'intérêt général…

Il écarte l'encolure de ma robe en gloussant.

— Quoi ?

Je le tire par les cheveux pour le contraindre à me regarder.

— Le shérif Lewis est intransigeant sur la sécurité.

Et je ne peux pas intervenir. Je suis pour le respect strict des lois. Une certaine institutrice nous a fait comprendre la valeur de la légalité.

Il rit de mon air scandalisé, qu'il efface à coups de baisers fous.

Nos « je t'aime » se croisent, nos rires s'entremêlent, nos cœurs retentissent de la même musique d'allégresse.

Un avenir nouveau s'ouvre à nous.

Un nouvel épisode pour Beatrix Newel, amoureuse folle d'un bûcheron au cœur de guimauve.

Composé et édité par HarperCollins France.

Achevé d'imprimer en janvier 2018.

CPI
BLACK PRINT

Barcelone

Dépôt légal : février 2018.

Pour limiter l'empreinte environnementale de ses livres, HarperCollins France s'engage à n'utiliser que du papier fabriqué à partir de bois provenant de forêts gérées durablement et de manière responsable.

Imprimé en Espagne.